禪山著

廣州話指南

復興書局印行

第一課

書 部 呢 個 的 係 乜 野 我 你 佢 哋 做 字 寫 睇

書部書 的書 個部書 一部書 呢一部書 呢個 個個 個個

一個 呢的 個的 呢的書 個的書 呢個字 個個字 呢的字 個

的字 個個字 一個字 我呢部 你個部 我呢的 你個的 佢個的

我哋 你哋 佢哋 係咯 我係 你係 佢係 我哋係 乜嘢 做勿

野 睇野 寫野 寫乜野 睇乜野 我做 你做 佢做 你地做 寫

字 睇書 呢的係乜野呢 個的係書 個的係乜野呢 個部係書 你

做乜野呢 我睇書 你睇乜野書呢 我睇佢個部書 佢做乜野呢 佢

寫字 係寫乜野呢 我寫呢的字 佢哋睇乜野呢 佢哋睇你寫字 我

哋做乜野呢 我地睇書 我寫呢部書 呢個係勿野字呢 個個係野字

呢部係勿野書 係佢做個部書 做勿你做呢的野呢 做勿你寫個的字呢

你寫個字我體喇

第二課

人 有 有 唔 嘅 俾 揼 唐 西 讀 好 多 少 大 細

見

個人　的人　有有　有的　有人　有人　唔俾　唔見　唔體　唔好

我嘅　佢嘅　人嘅　大人　多人　唐人　西人　俾我　俾的　俾多

唐字　西字　唐書　西書　你揀　揀的　揀俾我　多少　細體　讀書

我讀　好多　好體　好好　好人　大多　好少　大部　大細　細部

體見　體唔見　佢見　見有　呢個人嘅書　個個人嘅書　人哋嘅野

人哋嘅書　呢個人寫嘅字　我嘅書　你嘅字　佢嘅書　呢個係勿人

呢　呢個係唐人　個個係西人　你有讀書有呢　我有讀書嘅　我有讀

書　你係讀好多書係唔係呢　唔係　我讀好少書嘅　揀你讀個部書彼

我睇　呢部係乜野書呢　係你彼我睇個部　你寫個的字係大的　我寫

細的　你哋讀乜野書呢　我哋讀唐書　佢哋讀西人嘅書　你讀書好唔

好呢　好　佢揀好多西人嘅書彼我睇　呢部書好大嘅　個部書好細嘅

我見有好多西人讀唐書　係有好多西人讀唐書嘅　彼我睇你個部書

係呢部唔係呢　係佢有書有呢　有一部　你有多少野呢　我有好多

野做　你做彼我睇　彼的乜野我做呢　我彼的字你寫　係有細睇個部

書有呢

第三課

紙 張 筆 枝 先 生 敎 識 請 講 聽 黎 去 邊 處
係

張紙　的紙　個的紙　一張紙　字紙　一枝筆　呢枝筆　我嘅筆　先
生　先讀　先講　做先　生野　一生　生大　敎寫字　敎人　敎做
識字　唔識　敎識　識講　請人　請請　請敎　請講　講野　講書
唔好講　聽野　聽書　聽見　聽人講　唔黎　佢黎　我黎　黎呢處
黎我處　佢去　去你處　去邊處　唔去　先去　邊個　邊的　邊處　係
處　唔係處　呢處　個處　好處　處處　係呢張紙　俾張紙我寫字喇
呢張紙好唔好呢　呢的紙係唔好嘅　個的紙係好的　個處有好多字紙
呢　枝筆唔好寫嘅　我有好多枝筆呀　呢處有一枝野係勿野黎呢，去
請先生嚟喇　先生嚟咯　先生請你嚟敎我呀　你識呢的字唔識呢　有
的識有的唔識　請你敎識我喇　我唔識講呢的請你敎我　好喇你聽我
講喇　你講我聽　呢個人好唔聽敎嘅　你嚟呢處做勿呢　我黎聽書

你聽邊個講書　呢聽個個先生講　你係邊處見佢呢　佢黎呢處見我嘅
你有去佢處冇呢　有有邊個係佢處呢　有好多人係個處呀　有勿人黎
見我呢　我唔睇見人嚟

第四課

身　手　隻　口　眼　耳　面　說　話　水　洗　開　曉　知　要
機

個身　人身　隻手　你隻手　你嘅手　一隻　個口　俾口講　人嘅口
隻眼　俾眼睇　眼見　隻耳　俾耳聽　個面　我嘅面　彼面　見面
說話　講話　唐話　聽話　大話　教話　好話　的水　多水　水大
掠水　洗身　洗野　洗面　洗手　開口　開眼　開手　開講　開寫字
開身　曉做　曉寫　唔講　唔曉　唔知　我知　要野　要的　佢要
唔要　要水　幾個　幾多　幾好　幾大　幾隻　你既身有幾多隻手呢
有兩隻手　我彼口講你彼耳聽　佢嘅耳唔多好播　你嘅眼好唔好呢　有
一隻唔睇見野嘅　我係呢處見佢面嘅　佢好彼面我嘅　你曉聽呢的說
話唔呢　唔多曉　我教曉你好唔好呢　好喇　請先生教我講省城話喇

你係好唔聽教嘅　佢係講大話嘅　你係教話嘅係唔呢　你要幾多水呢
我要的多只　你要水嚟做乜野呢　要嚟洗手呀　係水大唔係呢　呢個
字要開口講嘅　我見佢地開手做咯　寫開字唔好講說話呀　佢講開乜
野呢　話我知呢　乜人請佢嚟嘅呢　唔知呢　個處有幾多人你知唔知
呀

第五課

打　起　行　企　坐　擰　落　使　整　械　飲　食　再　路　街
條

打開　起身　做起　擰起　起行　好行　行去　行開　行嚟　企起
企處　請坐　坐處　唔坐　擰落　落去　落嚟　話落　落手　寫落
好使　唔使　曉使　要使　使開　使佢　整野　人整　整好　整起
整細　揩野　揩嚟　飲食　飲水　好飲　食野　好食　大食　食多
好食　再嚟　再去　再做　再講　有路　有路　好路　大路　條路
行路　打路　路邊　邊條路　大街　行街　街邊　幾條街　一條打
開個部書　打邊處去呢　打個邊行喇　起身洗面　呢部書做起咯　掂

起俾嚟我喇　我哋要起行去咯　好行喇　請你行路的　做勿你行嚟打
去呢　我唔識路呀　企起身喇　唔好企處體我呀　請坐喇先生　唔坐
咯　我哋坐邊處呢　坐係個處喇　我見佢坐處有讀書播　擠落呢處喇
你落去見佢唔呢　你話佢知我唔落去嚟咯　佢冇話落去邊處嚅　呢張紙
係佢寫落俾你嘅　你哋好落手做𪘲　呢枝筆幾好使播　你唔使去　佢使
開唔俾我㧻呀　呢個野係我整嘅　揩乜野嚟整嘅呢　揩紙做嘅　唔好
飲呢的水播　呢的野好好食駕　呢個係好飲好食嘅人　請先生再講喇
個處有路行嘅　呢條路好好行嘅　佢打路嚟咯　我見企係街邊呀　有
幾條街係幾好嘅

第六課

杯　茶　餐　麵　飽　飯　牛　油　肉　菜　菓　糖　刀　叙　羹

會

隻杯　有杯　杯水　杯茶　洗杯　茶杯　飲茶　好茶　一餐　食餐
起餐　整餐　請餐　麵飽　食飯　開飯　隻牛　牛油　水牛　牛肉
食肉　食菜　生菜　個菓　生菓　糖菓　食果　食糖　糖水　張刀

使刀　一刀紙　紙刀　枝鉸　使鉸　刀鉸　板羹　隻羹　茶羹　唔會拈隻杯彼我喇　呢處有杯播　有一隻水杯係處　拈杯茶嚟　飲茶喇先生　請嚟我處食餐喇　起餐唔曾呢　唔曾呀　要整多幾個人餐呀　有麵飽係處播　我哋唔食麵飽要食飯只　個隻牛係邊個嘅呢　呢隻水牛係我嘅　你食牛油唔呢　我唔食牛油食牛肉只　食的生菜喇　我唔多食菜嘅　的糖果係揩生果整嘅　彼的糖果我食喇　唔好彼人食呢的果呀　開的糖水彼我飲喇　佢唔曉使刀嘅　佢要一枝鉸和西人使刀鉸嚟食餐嘅　你要羹唔要呢　彼一只茶羹嚟我喇

第七課

屋　間　房　窗　門　左　右　出　入　上　下　門　住　瞓　第都

間屋　起屋　的屋　大屋　細間　一間　間房　餐房　書房　洗身房

窗口　窗門　開窗　打開窗　隻門　門口　開門　房門　大門　左手　左邊　右手　右邊　出入　出去　出嚟　講出　出口　睇出　出身　出街　入嚟　入去　入口　上下　上下　上去　一上　門門　門窗

門埋　門住　住落　睇住　佢瞓　好瞓　眼瞓　瞓房　第一　第二個
都係　都好　個間屋係邊個起嘅　呢間係我起嘅　呢條街有幾多間屋
呢　有十多間呀　個處的屋有幾大間呢　有幾太間細細間嘅只　佢係
邊間房呀　佢係書房睇開書　的生果揼去餐房喇　唔好入去入去洗身
房呀　你企係窗口睇乜野呢　睇佢哋起屋嘅　打開個邊窗門喇　你話
你邊處開窗口好呢　我話開係呢處左右好咯　你打邊個門口入嚟嘅呢
我打大門入嚟嘅　有人打門喇　出去開門喇　人人都揩右手嚟寫字嘅
請你講出嚟俾我聽下喇　我睇出佢係西人咯　係係邊處出入多呢
我上下要出街咯　你係邊處住呢　我係佢左右眼處住　你係處書住野唔
好俾人揼去呀　你唔曾門門唔好去瞓噃　我好眼瞓唔睇書咯　邊間係
你嘅瞓房呢　一上去第一間係咯　第二間都幾好噃　一的都係佢起嘅

第八課

檯　椅　床　塵　地　燈　點　熄　熱　凍　得　快　慢　掃　抹
鋪
張檯　開檯　寫字檯　餐檯　檯面　上檯　地檯　書檯　企檯　檯椅

張床　的塵　多塵　洗地　大地　落地　枝燈　開燈　點燈　整
燈　街燈　幾點　點做　點話　點講　點知　整熄　熄燈　熱水　好
熱　幾熱　凍水　好凍　做得　唔得　見得　曉得　多得　快的　好
快　慢慢　慢的　好慢　慢慢行　掃檯　掃椅　掃塵　掃地　抹檯
抹椅　抹地　唔曾抹抹身　抹面　鋪檯　鋪地　鋪床　鋪開　擠枝燈
係個張檯喇　做乜呢間書房冇寫字檯呢　先生係餐檯嚟寫字檯　個張餐
檯坐得幾多人呢　揸呢部書擠係個張檯面　呢張椅整得幾好坐嗜　呢張
床瞓得一個人嘅只　你睇下了個張檯好多塵嘅　你要洗地　點邊枝燈
呢　兩枝都要點呀　落地行喇　擠落地喇　點街燈唔曾呢　唔曾　要
揸手燈呀　呢處要點多一枝燈呀　我唔知佢點話嗜　你要聽佢點講呀
你點知呢　要熄燈罅　揸的熱水嚟　呢的水好熱呀　都唔係幾熱嘅
唔要凍水咯　佢唔做得嘅　我唔曉得你講　多多你咯　行快的喇
唔行得好慢嘅　唔使你掃地　我抹呢張檯　佢唔曾抹面好嚟食呀　鋪
好床唔曾呢

第九課

買賣價銀錢平貴減添實毫子仙半新舊

買賣 買賣嘅人 買野 買的 曉買 再買 唔會買 賣野 唔賣
好賣 出賣 價銀 價錢 開價 講價 冇銀 有銀 出銀 使銀
銀行 好有銀 使錢 出錢 唔好錢 好平 買得平 平的 貴的
好貴 貴得多 咁貴 價錢貴 減的 要減 減平減實減少大減 減
得多 添的 彼的添 講實 話實 實價 睇實 毫子 幾毫子 毫
幾子 毫半 菓子 幾個仙 半毫 一半 半新舊 好新 新嘅 新
屋 買新嘅 舊野 好舊 舊嘅 你要買的紙嚟寫字噃 我唔曉買野
嘅 佢要去買菜 佢唔曾買麵飽呀 呢部書你賣唔賣呢唔賣咯 好賣
喇 呢間屋唔係出賣嘅 我哋冇開價嘅 使講價唔使呢 要呀 我有
銀 佢冇銀 邊個出銀呢 佢使得銀多 呢間係銀行 呢間銀行好有
錢嘅 佢係好有錢嘅人 呢間屋我買得平呀 賣平的喇 貴唔貴呢
係貴的 邊個貴呢 呢個貴得多 減的喇 減實咯 再減喇 添的喇
冇得添咯 俾的添喇 唔會講實價 佢睇實我 佢話實嚟和 你有幾

多毫呢　我有毫幾子只　揸呢毫半子去買菓子喇　買幾多個仙菓呢
買半毫子得咯　呢部書我曉得一半只　個張檯係半新舊嘅　呢間新屋
係佢買嚟住嘅　我唔係住舊屋咯

第十課

時　陣　日　朝　晚　年　月　等　咁　耐　今　昨　鐘　啱　就　至
一陣時　時時　幾時　有時　舊時　一陣添　一陣間　呢陣　個日
日日　日食　多日子　有一日　半日　邊日　多一日　個朝　聽朝
第二朝　朝晚　聽晚　個晚　晚餐　晚晚　新年　舊年　第二年　出
年　半年　幾年　年幾　年晚　先個月　呢個月　月食　上個月　下
個月　等下　等我　等使　唔使等　咁好　咁大　咁上下　咁快　咁
熱　耐的　好耐　講耐　等耐　咁耐　今年　今日　今朝　今晚　昨
日　昨晚　昨朝　好鐘　幾多點鐘　半點鐘　鐘快　鐘慢　啱啱　啱
啱嘅　啱使　講嚴　價錢唔嚴　就嚟　就係　至好　至多　至嚴　至貴
至快　至平　至係　至做得　係一陣添佢至嚟得　佢時時都係咁多野
做嘅　佢幾時嚟呢　佢話一陣間就嚟和　我日日都讀書　佢等好日至

做和　昨日係食日呀　我有一日見佢嚟　請你係呢處半日　等多一日至去喇　我要聽朝去呀　朝晚都要食飯駕　我聽晚係呢處瞓嚐　我晚晚都要呢陣食飯　今日係新年　佢舊年嚟嘅　佢知出年有冇呢　我係呢處有半年咁耐咯　年晚買得平的　唔係呢個月係先個月只　上個月係月食　下個月冇咯　等下我就去咯　呢間屋起得咁好　呢兩間屋邊間大呢　兩間都係咁上下　唔使等幾耐咯　我昨日嚟今日就要去　呢陣巖巖係一點卌鐘咯　呢個鐘快　阿嚟得咁巖嘅　行得至快係佢嚐　唔係呀　至好唔係喇　得的我至買

第十一課

船　火艇　頭　尾　搭　海　過　風　順　逆　番　掉　力　叫　埋

隻船　火船　冇船　整船　落船　船上　新船　大船　火水　火熱.
熟火　點火　火頭　隻艇　落艇　艇頭　船頭　頭路　書頭　日頭
頭尾　牛尾　船尾　艇尾　搭船　搭艇　大海　海邊　海面　上海
過海　睇過　做過　過頭　太過　好過　好風　大風　打風　順風

逆風順水逆水　番嚟番去　做番　掉艇快的掉　掉得慢　有力　冇力
好力　大力　手力　落力　出力　叫佢　叫艇　唔使叫　擠埋　做埋
埋呢處　埋頭　行埋　個隻係乜野船呢　係上海船　要好多銀至整得
隻大船嘅　佢聽日落船咯　佢係船上　呢只係新船　使點火唔使呢
的火係好熱嘅　我搭個只船嚟嘅　唔使咁快落船呀　你坐艇頭等我坐
艇尾喇　睇下書頭的字就知咯　你食過牛尾唔曾呢　咁大嘅海要火船
至過得嘅　要行一個月船至去得到我處呀　等我體過做得唔喇　呢張
椅大過頭　昨日好大風呀　我去個陣係順風順水　番嚟係逆風逆水咯
佢有力掉艇嘅　做乜你掉得咁慢呢　佢有我咁好力噃　要快得掉至得
呀　佢好出力掉咯　叫佢唔好咁大力　叫艇過海　坐船去好過行路去
呀　使叫佢番嚟唔使呢　要呀　擠埋的書喇　做埋呢的至好去呀　使
邊處埋頭呢　埋呢處喇　請你行埋的　你日頭做乜野呢　佢唔曾有頭
路　你使請火頭唔使呢

第十二課

衫　件　褲　衣　服　鞋　對　鋪　着　除　換　解　因　為　樣

想
呢件衫　新衫　買衫　⿰口訓衫　第二件衫　一件野　個條褲　舊褲　衣服　好好　衫褲　新衣服　舊衣服　賣衣服　一只鞋　我嘅鞋　新鞋
整鞋　一對鞋　唔對得住　寫對　對面　個間舖　舖頭　着衫　着褲
着衣服　着鞋　着番　着唔着　唔好着　講得着　除衫　除鞋　除褲
換書　換銀　換衣服　點解　曉解　解得出　因乜野　因佢　因爲
爲乜　爲銀　爲人　爲錢　呢樣　個樣　好樣　多樣　新樣　我想
想做　想去　想講　想出　想下　唔想得出　想買得出　想知　呢件衫係新買嘅　你個件衫好新樣呀　換過着⿰口訓衫至⿰口訓喇　我唔着呢件衫俾過第二件我　個條褲係邊個嘅　呢條舊褲係我嘅　佢係賣衣服嘅　我嘅鞋好舊咯　呢對新鞋着得好耐駕　佢好唔對得我住　佢係對面屋住　個間舖頭係賣鞋　叫佢着番衫至好去呀　佢講呢的說話着唔着呢　好唔着咯　你講得着　唔好除鞋　呢部書要換過咯　佢話唔換得和　我要換過衣服至去得　呢個字點解呢　我都唔曉解呀　佢唔解得出和　爲乜呢　因佢唔想得出呀　佢唔係爲我做嘅係爲錢嘅只　你

要邊樣呢　我要呢樣喇　我要你講我知　我好唔想講出嚟嘅　你想下
就話我知喇　點解你想知呢　因爲想買個間尾

第十三課

長　短　難　易　用　輕　重　乾　淨　汚　糟　够　同　敢　但
被　彼

長的　好長　唔長　長條　咁長　長過頭　長衫　長短　咁短　好短
短過頭　好難　幾難　難做　難講　難爲　好易　易做　幾易　有用
用得　使用　大用　用力　用處　輕嘅　輕重　重嘅　重野　船重
重係　重要　重講　重有　重買添　重長　重重過　乾野　乾嘅　抹
乾　衫乾　乾鞋　乾淨　淨係　汚糟　够使　唔添　够做　够大　唔
同嘅　同埋　同用　同唔同　同屋嘅　同街　敢使　敢講　但係　呢
個彼個個　被打　呢件衫要做長的　個只火船好長　咁長就嚴咯　做
得長過頭　我今日要着長衫去街呢　你要幾短呢　呢件衫佢做得短過
頭　點解佢做咁短呢　佢時時做衫都係好短嘅　呢的好難做嘅　敢樣
我見得好難咯　唔好難爲佢呀　咁大只火船唔係易整嘅　呢個人係好

有用嘅 我嘅使用好大駕 唔使用力做嘅 呢的野有乜用處 呢張紙好輕嘅 個張檯咁重 你哋兩個人邊個重呢 佢重得多 佢重係處你重要唔要呢 重要買的添 佢重有說話講和 重有牛肉冇呢 我話要短的你短俾長的嘅 佢重重過舊時 你要抹乾個地 佢件衫洗得好乾淨播 淨係佢一個人係處只 你嘅面咁汚糟去洗乾淨喇 佢要好多銀至够使駕 咁多牛油唔够使咯 呢個窗門咁够大嚡 個兩件唔同樣佢同埋我嚟嘅 有人係敢做嘅 邊個噉講呢 你唔好咁樣做 我好想去你處佢係唔去得 你嚟被我去呢 重有的多飯都俾佢食埋咯

第十四課

木 塊 鐵 竹 坭 舊 石 布 涉 粒 銅 板 釘 磚 鎖 攞

塊木 好木 木做嘅 木鑿嘅 揞木做嘅 使木 買木 木鞋 一塊鐵嘅 俾鐵做嘅 鐵船 條鐵 塊鐵 條竹 枝竹 竹橋 長竹 舊木 舊鐵 舊坭 舊石 石屋 石起 打石 好石 呢的布 塊布揞布做嘅 新布 布鞋 布衫 多沙 的沙 沙地 海邊沙 沙面

沙艇　幾粒沙　銅做嘅　舊銅　銅錢　塊板　個的板　乾板　三板
眼釘　口釘　木釘　鐵釘　釘好　釘埋　釘書　個磚　街磚　好磚
大磚　俾磚起　磚屋　銅鎖　鐵鎖　鎖埋　鎖門　鎖好　攞多　攞野
攞出嚟　攞過　去攞　攞的　呢塊木揩嚟點使呢　有好多用處　呢的
木係好好嘅　個張檯係木做嘅　我想你揨呢塊木同我做張檯　要買
好多木至夠使呀　個塊鐵你想揩嚟做乜野呢　呢陣時的大火船係俾鐵
做嘅　呢條竹長過個條　呢張竹椅好好坐播　個舊木唔做得乜用嘅
揨個舊坭擠係呢處　呢舊石咁大唔揨得起咯　個間屋使石起被使磚起
呢　呢的地要鋪街磚　呢條石路係邊個整嘅呢　個處有人打石呀　呢
塊布揩嚟做乜野呢　個的新布係械黎做衫既　我想買一對布鞋呀　呢
的沙係邊處黎嘅呢　呢的沙係海邊攞上黎嘅　去叫隻沙艇黎喇　我今
朝搭艇去沙面黎　呢的錢係銅整嘅　呢塊板短過頭　個塊乾板長的
我今朝坐三板黎嘅　我想叫隻三板番去呀　鎖埋門喇　鎖好咯　你要
去攞的磚番黎呀　攞的鐵釘出黎喇　要幾多口呢　要幾眼就夠咯　個
塊板釘好咯　呢的大磚係好好使既　佢間屋係俾磚起既

第十五課

天　光　黑　暗　照　曬　早　晏　夜　怕　應　該　估　肯　不　能

個天　天地　好天　天光　天黑　好光　月光　黑暗　黑衫　光照　照樣　照敢　好曬　熱頭晒　晒乾　晒衣服　早的　好早　早日　咁早　朝早　早飯　今早　好晏　晏過頭　黎得晏　好夜　半夜　咁夜　我怕　好怕　怕係　怕唔係　應做　唔應做　應該　唔該　我估　肯　唔肯　肯做　肯減　唔肯擰　不過　不能　不能　不要　能做　有能

今日係好天　我今朝一天光就起身咯　今晚好好月光呀　呢間房好光

呀個間房門埋門就好黑暗嘅咯　個月光時時照住地　呢張檯你都唔係照樣造嘅　呢陣時呢邊屋好晒駕　今日有熱頭晒　要晒乾個的野

揸的衣服出嚟晒下喇　聽日你要早的嚟　做得我聽朝好早起身嚟你處

請你早日嚟我處喇　我唔曾食早飯呀　做乜你咁早起身呢　我朝早淨係飲茶唔食飯嘅　我今早好晏至起身　九點半係晏過頭咯佢嚟得晏我

昨晚好夜至瞓　你瞓個陣係半夜唔係呢　冇咁夜　唔好怕夜咯　的水

牛好怖人嘅　你估佢嚟唔嚟呢　佢怕唔嚟咯　怕唔係佢的呢係你應做
嘅　個的咁嘅說話唔應講呀　佢應該讀書好　呢件衫應該要做長的
唔該你同我講佢聽喇　唔該你同我買枝筆喇　你食飯唔曾呢　唔該咯
你估佢肯賣過我唔肯呢　我估佢怕唔肯　佢唔肯減呀佢不過俾咁多只
我估佢不能做得嚟嘅　我不得不要敢做呀　唔知佢買得起唔呢

第十六課

阻　嘵　而　家　己　經　完　緊　將　來　後　即　刻　歇　囘
噲

去阻　食阻　熄阻　叫阻　嚟嘵　過嘵　買嘵　而家做　而家講　而家去　艇家　己經　去嘵　己經買阻　己經講　己經話過　講完　寫完　做完　緊要　做緊　好緊　講緊　食緊　將石嚟起　將來　將就
後來　來路　後日　先後　即時　即係　即刻　一刻　歇下　歇一陣
不歇　歇冇耐　歇手　一囘　多囘　幾囘　第二囘　噲做　唔噲　好噲　噲講　噲聽　佢今朝去阻咯　我哋食阻飯咯　佢頭先熄阻燈咯
叫阻艇唔曾呢　隻艇嚟嘵咯　日子過嘵咯　你買嘵野唔曾呢　你要而

家做呀　請你而家講　佢而家去嘵　佢已經去嘵咯　我已經講你知咯　個間屋已經賣咗咯　我已經話過幾囘咯　我寫完呢的字咯　個件野做完咯　你件衫做緊咯　佢同我講緊個時有人叫佢　佢食緊飯唔嚟得和　佢將個的石嚟起屋　你將來想點樣做呢　你去先喇我後來至去　佢後日至嚟得和　叫佢即時嚟呀　佢即係咁樣講嘅　呢張檯即係個張咁大　佢話即刻噲嚟　等一刻咁耐喇　我歇下同你做喇　歇一陣至去喇　佢不歇講說話嘅　佢歇冇耐就嚟和　佢唔歇我做野嘅　佢冇一囘敢做咯　佢嚟過呢處好多囘咯　你街二囘唔好敢做呀　你噲做唔會呢　唔多會　佢好會講說話嘅　我唔會聽佢講　唔該你將就下我喇　呢的布係來路嚟嘅

第十七課

信　封　寄　收　意　思　明　白　事　幹　便　裏　內　外　工夫

封信　寫信　信得過　信人　摘信　寄信　寄去　寄嚟　寄嘵　收信

收埋　收嘵　意思　大意　唔好意思　有意思　冇意思　解明　講明

明白　光明　好明白　唔得明　明朝　明日　白話　白紙　白衫　白
白　整白　件事　事幹　緊事　呢便　邊便　外便　好便　唔便　屋
裏　船裏　房裏　外衫　工人　人工　工夫　夫人　等我寫好呢封信
俾你揨去寄喇　呢封信揨去邊處呢　係寄俾先生嘅　佢有寄信嚟冇呢
我時時都有信寄去佢處　寄嘵個封信咯　你信得呢個人過唔呢　好難
信得佢過嘅　佢講乜野我都唔多信駡　先個月得收我嘅信唔呢　我收得
一封只　我寄嘵兩封呀　你明白我嘅意思唔呢　我曉得你嘅大意只
我見得好唔好意思　請你解明呢封信嘅意思過我知喇　你講得好明白
你明日做乜野呢　我唔想白白要你銀嘅　我今日要着够衫去街　佢己
經將呢件事解明我聽咯　我因為有事幹唔去得　我係呢便街住　佢係
個便住　裏便有邊個係處呢　係呢處出人好唔便嘅　呢隻杯內外都要
洗乾淨嗜　呢處要幾多工人呢　你出得幾多工人呢　你一個月有幾多
人工呢　佢得幾多工錢呢　你收晚工錢唔曾呢　呢的工夫難做唔呢
唔係幾難

第十八課

男 女 仔 蚊 父 母 親 戚 朋 友 師 奶 娶 佬 愛 老

男人 男女 有仔 冇仔 男仔 女仔 細蚊仔 仔女 父母 父親 母親 親手 親口 親人 親身 親就 打親 親戚 見親 朋友 書友 師奶 娶親 大佬 納佬 個佬 洗衣服老 打鐵老 造木老 坭水老 愛佢 佢愛 好愛 親愛 愛乜野 愛呢的 愛幾多 愛邊的 愛唔愛 愛父母 呢家人 家內 家外 一家 好老 老大 老人 老母 父老 老手 老師 男人要造男人嘅工夫 男女嘅工夫唔同 女人唔造得男人嘅工夫 你有幾多個仔女呢 我得一個仔一個女呢個男仔被女仔呢 我有仔佢冇仔 呢個細蚊仔好唔聽話嘅 造父母唔應該敎仔女 佢有父親冇母親 我親眼見佢 佢頭先打親我 係佢親手打你嘅咩 你去親就佢喇 佢係你嘅親戚唔係呢 唔係係朋友只我有好多親人係個住 佢唔曾娶親嘅 你有幾多書友呢 師奶係處唔係呢 我嘅家人唔係處 造大老嘅唔應該打細老 叫個造木老黎整番好個張檯喇 邊個坭水老起呢間屋嘅呢 呢部書你重愛唔愛呢 造父

母嘅個個都愛仔女嘅　造仔女嘅應該要愛啲父母呀　你家內有幾多人呢　我一家有八口人　請邊個老師教你呢　佢做工夫好老手嘅　你父親有幾老呢　我父親好老太咯　請呢處嘅父老黎同我講喇

第十九課

樹　柯　葉　根　花　朵　淋　濕　種　園　香　掘　摘　熟　酸　甜

柯樹　樹木　柯竹　樹葉　塊葉　條根　樹根　朵花　好花　花好睇　香花　淋濕　淋花　淋菜　揩水淋　整濕　好濕　地濕　濕身　種野　種花　種樹　種好　種菜　花園　菜園　菓園　園內　園外　好香　掘地再掘　掘多的　摘花　唔好摘　好熟　唔曾熟　菓熟　咁熟　好酸　酸嘅　酸果　甜嘅　甜菓　好甜　甜野　呢柯樹生得好高大　呢處咁多樹木　今朝落曉好多樹葉　呢塊葉係呢柯樹摘嘅　呢的樹嘅根好大條駕　呢朵花你係邊處摘嘅呢　係花園　個的花開得好太朵　呢的花生得好好睇呀　個的花好香　朝晚都要淋花嘅　佢唔肯去淋菜呀　唔好淋得濕過頭噃　呢處的地好濕嘅　的地咁濕唔種得野嘅　佢整濕我嘅身

我想係呢便種菜個便種花　係中間種一柯樹　種好咯　呢便愛嚟做花園　個便愛黎做菜園　佢係花園裏頭住既　呢的地咁實好難掘嘅　今日淋濕佢等聽日至掘喇　你哋唔好摘呢的花嚐　呢柯樹的果唔曾熟既要等佢熟至好摘呀　呢的果係好酸既　你曉得整酸果唔曉呢　呢個園生得的果係好甜既

第二十課

方　笪　遠　近　隔　籬　鄉　村　城　省　岸　國　美　中　英　本

地方　四方　旦地　一旦　遠方　好遠　遠的　咁遠　幾長　好近
近的　近住　將近　近來　遠近　嚟近　隔籬　鄉下　家鄉　條鄉
鄉村　條村　省城　城門　城裏頭　城外　入城　出域　上岸　岸邊
埋岸　國家　外國　大國　中國　美國　英國　日本國　本來　本錢
本鄉　本村　本處　本地　中人　中間　中用　中意　呢處好好地方

個張檯係四方既　個笪地至好係種乜野呢　行遠的就着見咯　佢隔係處無幾遠只　我好想你買曉隔離個間屋　我唔行得咁遠嘅　有幾遠好

近只　個隻火船將近開身咯　佢近來唔係呢處住咯　個處係鄉下地方

呢處唔係我嘅家鄉　個便有許多條村　呢條村有幾多人住呢　我昨日

去省城嚟　一黑就閂城門嘅咯　咁夜就唔入得城羅嚁　我係城裏頭住

嘅　船一埋頭佢即時上岸咯　我想叫隻艇埋岸呀　你係邊國嘅人呢

我係本國嘅人　佢係外國人唔係呢　唔係佢係中國人只　係美國黎呢

處行幾耐船呢　邊國至多人呢　英國大彼日本國大呢　我本來唔係呢

處嘅人　我先十幾年嚟呢處住嘅只　有的本地野冇來路嘅咁好　買呢

笪地係佢做中國人嘅　個張餐檯擠房中間喇　我好中意食生菓嘅

第二十一課

猪　羊　鷄　鴨　鵝　魚　公　乸　蛋　看　養　山　共　徙　倒

到　毛

隻猪　猪母　猪仔　猪油　猪肉　食猪　隻羊　羊肉　羊毛　食羊肉

隻鷄　鷄毛掃　鷄肉　食鷄　隻鴨　隻鵝　條魚　生魚　食魚　鷄公

老公　家公　公家　鷄乸　隻蛋　生蛋　鷄蛋　食蛋　鴨蛋　看牛　看

羊　看門口　看住　看野　看屋　養猪　養羊　養鷄　養犬　養仔女

個山　上山　落山　山水　山羊　山邊　山頭　共埋　做徙　食徙
講徙　讀徙　去徙　賣徙　番徙嚟　得倒　見倒　請倒　打倒　買倒
倒出　倒落　倒水　倒樹　攞倒　睇倒　去到　嚟到　就到　唔到得
得到　至到　呢隻猪重過個隻噃　個隻豬母生曉好多猪仔噃　聽日要
買猪油呀　我唔多中意食猪肉嘅　今晚食羊肉被食鷄好呢　我話至好
係鴨咯　呢隻鵝要養大的至好食嘅　要買枝毛掃嚟掃塵啰　你估個
隻蛋同呢條魚邊樣重呢　你話邊樣日好食呢　我估鷄蛋好食過鵝蛋咯
呢間花園係公家嘅　個隻鷄公咁大養曉幾耐呢　佢去看牛被看羊呢
我唔係處你要看住門口噃　看住呢的野你唔好俾人搽噃　佢養幾白
隻鴨　你上過個個山唔曾呢　我就至落山嘅啫　呢處的山水好好飲
嘅　佢養曉好多山羊噃　我共埋佢哋都番徙嚟咯　的生菓食徙咯　要
讀徙呢部書至好讀個部　佢哋一個都去徙咯　我將呢件事講徙過你知
了賣徙咯唔買得倒咯　我去得晏買唔倒咯　你等下喇佢就到咯　因爲
水乾唔得到　倒過的水嚟喇　唔好倒呢柯樹呀

第二十二課

厨爐煤柴煑透煲燒冲煎焗餅粉鹽搵

依

厨房　做厨　火爐　鐵爐　風爐　買煤　燒煤　煤貴　好煤　舊煤　的煤　燒柴　枝柴　攞柴　火柴　煑野　煑熟　煑餐　煑飯　透火　透着　個煲　煲野　煲水　煲茶　煲飯　煲熟　煲牛肉　煲蛋　燒屋　燒徙　燒着　火燒　燒牛肉　冲茶　冲水　冲乾淨　煎野　煎肉　煎蛋　煎魚　局野　局麵飽　局熟　局餅　局茶　整餅　食餅　麪粉　粒鹽　買鹽　落鹽　搵野　搵倒　搵番　搵人　去搵　搵頭路　依住　照依　依番　依徙　個厨房咁污糟要洗至得鯠　做厨即係做火頭　呢個火爐咁舊嘅　呢的風爐冇鐵爐咁好使嘅　呢個火爐燒煤鼻燒柴嘅呢　呢的煤唔係幾好嘅　唔够火唔煑得野好食嘅　要落多的煤至得駕　而家透火煑飯咯　呢的柴好濕透唔着嘅　煲水嚟冲茶喇　嘅的煤好難燒得着　我今日想食燒牛肉　俾的水冲乾淨的街磚喇　你中意食煎旦被煲旦呢　個火爐要好熱至局得麵飽嘅　呢的麵粉咁耐唔整得餅嘅咯　第二時整麵飽要落多的鹽至得呀　你搵番個隻羊唔曾呢　我搵嘵好耐都

唔搵得倒　你搵倒頭路唔曾呢　　叫佢依番呢個樣嚟做噃　我一的都依徙你講嘅咯　依住敢做就啱咯

第二拾三課

量　度　秤　磅　丈　井　畝　尺　寸　分　斤　兩　釐　田　幅　把

量過　量地　力量　量度　量下　量下幾大　度野　度度　條度　度下幾大　度衫　秤野　秤過　秤下幾重　一磅　磅野　磅下　幾磅重　一丈　幾丈　一丈長　丈夫　方丈　一井地　個井　眼井　開井　井水　天井　幾多畝　一畝　畝幾地　一尺　幾尺長　尺寸　一綀實木　一寸　幾寸　五寸　分開　分家　八分　二斤　二丈　二尺　二分　二釐　弍畝　兩畝　兩磅　一兩重　弍兩　五釐重　個笪田　一畝田　一幅田　一幅地　一把秤　一把柴　把口　把刀　你量過呢幅地有幾大呢　我唔曾量過但我估有畝幾地　冇咁多卦　我個日量過得八分地只　我照我嘅力量嚟做咯　請你爲我量度下喇　我度佢今日噲嚟噃　你咁樣度人人就咁樣度你　度你嘅衫度俾過我喇　我度過至寫尺寸過

你喇　秤下呢隻鴨有幾重了　係弍斤八両重　呢把秤秤得幾多斤呢
呢把秤秤得一百斤重嘅　一磅有幾多両呢　一磅有拾弍両　的磅係拿
嚟磅野　個塊板有弍丈長冇呢　冇咁長係丈弍長只　幾多井爲一畝
呢　六拾井爲一畝　你嘅屋有天井冇呀　有但起個陣有後來至開嘅只
呢個井食得唔食得呢　你嘅花園有幾多畝地呢　有畝半地只　拾分爲
一寸　拾寸爲一尺　拾尺爲一丈　拾釐爲一分　拾分爲一錢　拾錢爲
一両　一個銀錢有七錢弍分重　一斤有拾六両重　呢的糖果係拾分好
食駕　我今朝量過呢㙮田有三畝呀

第弍拾肆課

担　檯　抽　托　背　挽　搬　擁　拉　揸　執　郁　移　擲　定
扯

担野　一担重　檯人　檯野　抽起　托起　托去　孭住　負起　挽野
挽住　搬野　搬屋　搬嚟　搬去　搬出　搬入　搬過　擠倒　擠開
擁埋　擁落　拉人　拉去　拉開　拉出　拉埋　拉船　渣住　渣緊
渣實　渣手　執起　執番　執過人　執住　執倒　執入嘅說話　郁下

唔郁　郁手　移開　移埋　移出　擲去　擲出　定佢　定石　扯起
址住　拉扯　叫一個人嚟担呢的野喇　個張檯要兩個人至檯得起呀　檯出担有乜唔同處呢　一個人係担兩個人係檯　一水大就好担水罅　一担重有一百斤　唔好拉要抽起嚟揼　我想托佢在省城買的野　個個女人狽自個細蚊仔　你狽住個的係乜野呀　我挽自的野唔行得起嘅　掃呢間房使搬開的檯椅唔使呢　唔使移出的就得咯　佢昨日搬入隔離屋嘅　佢行過上下攤到我呀　個張檯要拉出去洗乾淨呀　佢因乜事俾人拉呢　你手渣自個部係乜野書呢　的西人一見面就渣手嘅　呢件事你唔好渣揸咁實呀　你執起個的係乜野嚟呢　我執得一毫子嗜　唔好嗽樣執人人說話丫　佢都未曾郁手做番　個張檯要移開的至擠得落呀　移開個張椅搦下喇　個張紙有用駕唔好擲呀　的細蚊仔俾石定佢　扯起個幅布喇　你一年拉扯做幾多銀生意㞢呢

第弍拾伍課

籮　籃　笠　箱　櫃　釘　罐　盒　壺　盤　桶　樽　殼　袋　滿　空

個籮 隻籮 大籮 飯籮 個籃 挽籃 竹籃 個笠 隻笠 笠仔 空笠 木箱 鐵箱 個櫃 舊櫃 個缸 水缸 缸水 罐頭 火水罐 個盒 紙盒 木盒 盒仔 盒火柴 個壺 水壺 茶壺 木盆 托盤 茶盤 花盤 洗身盤 個桶 水桶 木桶 個樽 水樽 個殼 水殼 飯殼 裝野 裝書 裝水 裝油 裝飯 裝衣服 裝得 裝去 裝番 裝唔晒 裝滿 裝身 唐裝 西裝 倒滿 滿屋 滿晒 天空 空屋 空手 空箱 空籮 空樽 個籮野有担幾重要兩個人至得呀

叫個人嚟担呢兩個籮喇 呢個竹籮裓嚟裝野好呀 呢笠生果買曉幾多銀呢 你哋四個人抽呢箱野入隔離房喇 抽呢櫃衣服出去晒下曬 呢個缸裝水被裝油嘅呢 打滿呢缸水呀 ・呢的罐頭牛肉幾好食播 一箱火水有兩個罐 裓個火水罐嚟煲衣服喇 呢的餅仔係裓紙盒裝嘅 個盒火柴整濕曉咯 賣幾多錢一盒呢 呢個茶壺細過頭要買過箇大嘅 倒盆水嚟我洗面喇 倒的熱水落我嘅洗身盆呀 要買多幾個花盆至夠使呀 擰個托盆嚟裝呢的哋去喇 一樽水唔夠一日飲播 擰呢個水殼入洗身房喇 係飯籮裝殼飯嚟我 而家有好多唐人着西裝衣服嘅 佢而

廣州話指南

家裝身出街咯　個間空屋滿晒沙塵　佢冇野買倒空手番嚟只　械呢個
空槓裝埋我嘅衣服囉

第弍拾陸課

色　紅　藍　綠　黃　青　深　淺　物　似　肝　樓　墻　脚　較
蔗　灰

色水　整色水　好色　天色　紅色　水紅　花紅　粉紅　銀紅　紅布
大紅　藍布　老藍　粉藍　綠色　老綠　黃色　色黃　金魚黃　金色
金銀　金仔　金錢　黃金　書金　筆金　金山　青色　天青　青綠
深色　淺色　深淺　好深　幾深　物件　好似　幾似　似樣　心肝
猪肝色　隻脚　脚色　手脚　較色　較閘　蔗青色　食蔗　竹蔗　枝
蔗　肉蔗　灰色　磚色　白灰

你而家同我嚟等我話你知間屋油乜野色喇的樓板要油黃色但係要間開一塊深黃色一塊蛋黃色外便嘅墻油紅色你話好唔好呢唔知你想油水紅被花紅呢好話至好係油粉紅咯的窗門就油粉藍色唔好較咁深色播要淺色的堊好睇駕囬便墻脚要油灰色火爐油黑色大花板油白色四便嘅花就油蔗青色

度大門油猪肝色屋內有幾樣都要油呀個洗身盤外便油老綠色內便要白色盤邊起紅色的檯椅油深黃色好似樓板一樣你至緊要照番我咁話嚟做呀我昨日見有機色水好似磚咁色嘅個的係磚灰色咯咁的房門就同我油磚灰色喇油好個時等我嚟睇過就俾人工你喇

第二十七課

遇　令　眞　心　歡　喜　遊　問　答　待　歸　安　靜　車　京

李

遇着　遇見　請令　命令　令爾　眞事　眞心　眞係　睇眞　唔得眞

個心　好心　有心　細心　開心　講心　心事　心多　一心　歡心

歡喜　喜事　行遊　遊花園　遊街　問話　問心　問下佢　問過　問

答　答話　對答　囘答　看待　待人　待佢嚟　等待　番去歸　歸家

去歸　囘歸　一定　定實　唔定　冇定　定銀　落定　定下　講定

行李　靜靜　心靜　好靜　車仔　車水　車衫　拉車　坐車　火車

水車　搭車　開車　慢車　京城　京都　上京　英京

上日我遇着一件事眞係令我歡喜即係有一日去親戚處坐係個處遇着一個

朋友佢係好好心嘅想請我同佢遊下日本國我答佢話我而家唔夠銀佢話唔使怕我噲出埋你嘅使用我聽見佢咁講就十分歡喜唔知佢點解待我咁好我問佢幾時起行佢話過三日我就番去歸執定行李到個日就同埋落船啱啱順風順水船行得好快海水好平靜不過坐船六日就到日本國即時大家執野上岸睇見的街乾淨的人好安靜都好落力做工夫我哋就坐車去京城個處地方十分好睇眞係一笪好嘅城都咯係個處佢嘵十日咁耐再坐車去遊幾個城有時坐車仔去鄉下地方經過見有好多花園同埋菜園的花十分好睇但有中國嘅咁香四處都械私離隔住令人不能摘得在個處日日有新野睇令的日子好快過嘅

第二十八課

名　港　屬　島　濶　灣　與　及　穩　埠　跌　旗　高　馬　轎

斜

乜名　人名　書名　開名　街名　香港　港口　屬地　屬邊個　屬我

屬佢　親屬　海島　濶的　濶過頭　幾濶　活大　好活　灣船　灣埋

去　灣邊處　佢與我　與及　穩陣　好穩　擠穩　個埠　埠頭　過埠

新埠　跌親　跌倒　跌落　枝旗　扯旗　商旗　國旗　高大　好高
高過頭　高低　心高　幾高　隻馬　馬車　馬尾　拉馬　養馬　坐轎
抬轎　上轎　落轎　叫轎　斜對面　斜路

隔省城有幾遠有個海島本來係中國嘅地方但而家屬曉英國咯就械嚟開一個埠名叫香港個處四便都係水個海口好潤大灣得好多船灣船好穩陣呢個海島好有用嘅好出名嘅因爲有好多船要係個處經過我先個月去個處住曉幾日睇見個處嘅處好潤好高有的路好斜嘅好難上嘅街上有好多轎與及馬車車仔有個好高嘅山叫做扯旗山在扯旗個處睇得好遠山上有好多外國人係處住佢哋上落就搭火車起先有的人唔喜歡坐呢様車因爲怕佢會係半路跌落嚟呀我睇見重有好多野添但我番嚟個時已經講晒過親戚朋友知佢哋都好歡喜聽講呀

第二十九課

探　館　法　學　詳　規　矩　班　每　帮　歲　俗　印　念　候
誰　致

打探　睇探　探朋友　探人　間館　書館　開館　教館　番館　法子

方法　出法　學野　番學　上學　開學　學嚐　詳細　詳細解　規矩
一條規矩　好規矩　舘規　識規矩　一班人　第一班　每每　每年
每月　每日　每人　每個　帮敎　帮人　帮下　年歲　一歲　歲晚
幾多歲　俗話　個印　印字　印板　印書　念書　念一　念出嚟時
候　問候　等候　唔敢　敢做　乜誰敢做呢　誰知　誰不知　我昨日

去探一個朋友佢係敎館嘅佢個間書館好開名好多人讀書我好想知到佢書館規矩我就好詳細問佢佢就一一講哂過我聽佢揩乜法子嚟敎佢話有百幾學生分五班每班一間房有幾個帮敎至細個班係六歲至八歲大讀俗話書及學印字但唔使念書個時我就掠的俗話書嚟睇個部書寫出好多敎細蚊仔要講檥行爲及有好多問答嘅說話至緊要嘅係唔好講大話我見的細蚊仔好歡喜係處讀書我就將個部書嘅意思問佢哋個個都答得好好我就問的細蚊仔話你哋朝朝番學有過時候冇呢答話冇乜誰敢過時候駕我話你哋唔敢過時候係因怕先生打唔係呢佢哋答話唔係不過想讀書啫講到個陣將近夜咯我就番去歸等到聽日嚟睇過

第三十課

位　唱　歌　之　自　己　模　凡　太　懵　厭　轉　放　頑　要
午
一位　個位　位先生　書位　坐位　好唱　唱野　唱歌　枝歌　隻歌
歌仔　有之　知之　你之　自個處嚟　自知　自己　我自己　你自己
知己　模樣　但凡　凡係　太多　太過　太唔係　好懵　懵呢　得人
懵　懵厭　食厭　做厭　好厭　轉便　換轉　轉過　轉手　放學　放
工　放落　放人　放出去　頑要　上午　午時　下午

我個日一早起身再去昨日個間書館去到個陣的學生啱啱讀書我去見個位教至細班既先生想再問下佢重有乜法子教的細班既佢對我話毎早九點上學至十一點放學等佢哋出去頑半點鐘咁耐再坐位讀書至一點放學下午上學但的高班就要佢哋一埋位就讀俗話書半點鐘咁耐就叫佢地起身教佢唱歌唱完之後學印字三個字鐘咁耐就將各樣物件俾佢睇問佢地呢樣物件叫做乜名呢係點既模樣呢有乜用處呢係乜色水呢係點樣整既呢令佢一一荅出嚟凡有唔識既我就解明白過佢地聽噉樣法子係令細蚊仔自己都可以學得倒野但凡教每樣唔好太過耐教一陣就要換過第二樣令的細蚊仔唔好有

憎厭既心我聽見佢敢樣講就好歡喜我一自聽佢講一自睇佢教至到放晏學個先生請我食晏我就同佢去

第三十一課

畫 掛 理 圖 級 且 論 計 數 考 隨 文 堂 准 告 假

幅畫 畫畫 幾多畫 一畫 掛畫 掛起 掛衫 掛住 掛心 掛高

打理 有理 地理 天理 地理圖 幅圖 圖畫 一級 石級 街級

上級 而且 講論 作論 論及 計數 計起 計下 計過 共計

數數 開數 唔數得出 數錢 出數 完數 两數 交數 收數 考起

考過 考問 考書 隨便 隨意 文法 文理 文話 文人 文明

大堂 講堂 學堂 上堂 開堂 唔准 告人 告佢知 告假

放假 眞假 假既 假事 假說話

我食完晏之後同個先生番去書館入到第二班既房睇見墻上卦起好多畫同理的大張既地理圖教呢班既法子都係同第一班咁上下但工夫高過先班一級而且學作的淺白既論與及學畫畫添因為冇幾多時候唔敢係處咁耐就入

第三班嘅房見四便嘅墻有好多黑板個時有幾個學生企埋黑板處計過數見唔啲計得好快而且計得好啱又有幾個係處讀緊文法書個先生請我考問佢啲個個都隨便荅出後來就入第四第五班嘅房見的先生好有教法的學生又好肯學野改尾我入大堂坐見有館規寫落話凡學生唔係有緊要事就唔准告假及有好多條規矩我睇完之後就扯咯

第三十二課

裁縫　絲　棉　麻　絨　各　揀　厚　薄　疋　聯　針　線　較　剪

裁縫師　裁衣服　條絲　絲法　絲既　棉布　棉被　棉花　條麻　麻布　種麻　塊絨　絨衫　各人　各處　各樣　揀出　揀出的好既　好厚　太厚　厚過頭　幾厚　厚薄　好薄　太薄　幾薄　紙咁薄　一疋　疋布　疋馬　聯衫　聯埋　聯住　眼針　口針　揸針　針線　條線　棉線　麻線　絲線　較剪　把較剪　銅較　鐵較　剪開　剪布　剪野

我今朝去裁縫舖想做一件衫我去到裁縫舖見有好多人係處揸針聯緊衣服有的揸住較剪裁衫個個事頭就揀的絲法嘅麻布嘅棉布嘅出嚟俾我睇但我

唔係做呢幾樣係想做絨嘅只佢就擰過的絨出嚟俾我睇有的天青色嘅有的黑色嘅有藍色嘅我就揀一樣黑色唔厚唔薄嘅定佢做一件衫佢度過我個身就擰一疋絨出嚟同我裁你有咁多衣服做乜重做呢我舊時個的唔好睇嘅要做過幾件新樣嘅至得你做呢件衫幾多銀我唔知呀要做起至知你唔怕佢要責你嘅咩唔怕佢好老實我好熟佢嘅

爛　補　噤　粗　幼　可　以　所　冷　漸　擦　摺　臭　丸　蟲　咬

爛嘅　好爛　整爛　打爛　爛野　跌爛　爛肉　補番好　補野　補衣
服　補衫　補鞋　補身　噤使　噤着　噤講　噤行　粗野　粗布　粗
大　粗幼　幼細　幼年　老幼　幼過頭　可能　不可　可以　以爲
所以　所有　所做　一所地方　有所爲　天冷　好冷　見冷　冷親
發冷　漸漸　固擦　擦鞋　擦衫　擦乾凈　摺埋　摺好　摺衫　好臭
咁臭　香臭　臭丸　粒丸　食丸　條蟲　蟲咬　生蟲　出蟲　親咬
咬住　咬爛

亞明呀嚟咯做乜野呀呢陣時漸漸熱咯的天冷衣服可以唔使着都得咯今日咁好天同我打埋下喇我所有衣服嘅你而家擰曬出嚟等我執過話你知喇呢幾件爛嘅要拈去補番好先生呢幾件衫我見你就至做嘅只做乜咁快爛駕係囉個的絨好唔噤着嘅個的好嘅就擰出去曬下佢晒完就械個擦擦到乾凈就摺好擠番落櫃但係要分開擠的粗嘅擠理一櫃的幼嘅擠開一櫃每每要擠臭丸係處到天熱個時就唔使怕的虫蚊爛衣服咯個的天熱衣服睇過有汚糟嘅就俾洗衣老洗乾凈喇咁多工夫我個人點做得埋呀敢就叫亞高帮下你喇我所講嘅你要照樣嚟做呀係咯

第三十四課

預　備　劏　肚　意　米　粟　栗　晝　湯　汁　豆　角　燉　筍

通

預備　預定　預先　整備　劏鷄　劏牛　劏魚　劏開　劏個肚　肚飽

意米　粒米　打米　買米　粟米　米飯　風栗　風栗乾　晏晝　上晝

下晝　一晝　飲湯　煲湯　肉湯　牛肉湯，肉汁　打汁　菜汁　粒豆

青豆　白豆　紅豆　綠豆　豆角　隻角　牛角　屋角　檯角　角咯頭

燉熟　燉野　燉熟　開通　通出　通過去　唔通　路不通行　通行

通心粉　通心嘅

亞發叫火頭嚟我有事講佢知好喇師奶你叫我咩我聽晚請餐我預先講你知等你好整定呀係咩有幾位朋友嚟探你呀有六個咁多敢要預備乜野肉食呢你今晚劏個隻大天鵝就掛起佢至到聽日晏晝就煲的意米及風栗入落隻鵝裏頭械嚟燒熟就倒的汁落去你聽朝去買野個時要買夠麪飽呀湯肉呀牛油呀生果呀及各樣野噃落的乜野係處呢粉絲喇食乜野菜呢買的豆角呀竹笋呀及燉少少飯添又開两罐粟米擠的鹽落去燉熟佢要乜麵食呢整的鷄蛋餅及煲的糖果通心粉擠的牛奶落去分幾度呀分五度好咯你話咁多野够唔呢我估都够咯

第三十五課

擺　派　碟　兜　拂　切　揷　在　連　巾　玻璃器　遞　横

正

擺開　擺檯　擺花　擺好　擺野　派開　派野　派食物　分派　雙碟

湯碟　果碟　餐碟　補碟　隻兜　湯兜　菜兜　飯兜　拂水　拂湯

拂起　切野　切開　切肉　切麵飽　械刀切　插野　揷起　插旗　插
住　在邊處　唔在　自在　連埋　連住　條巾　手巾　茶巾　面巾
塊玻璃　玻璃窓　玻璃杯　玻璃罇　玻璃　玻璃碟　銀器　遞俾
遞過　遞嚟　打橫　橫街　心正　正門　正月

亞發師奶吽你入去教你企檯和好呀師奶請你教我喇你今朝先要洗淨餐房嘅地及檯椅之後所有的玻璃杯的銀器各樣嘅兜碟都要洗淨乾晒到擺檯時要揀張至白淨嘅檯布嚟鋪檯檯中間擠個藍色花罇係處插的白花落去今晚有六位朋友嚟連埋先生共我擺八個人位每位擺隻麵飽碟係左手便每隻擺摺條茶巾依一塊麵飽係處擠一玻璃杯水在右便把兩把刀在右便兩枝叉在左便一枝飯羹兩隻茶羹打橫擠在正面預番筫地方嚟擠餐碟的人埋晒位個時第一度起湯你就將兜湯同埋的湯碟擠在先生面前你要企處等佢拂開碟一碟你就派過各人食完之後就我番枝的湯碟第二度係起魚都係照樣先俾過先生分開過分俾各人食完之後收番的碟及刀叉睇過邊位有唔够兩枝叉兩把刀嘅就即刻要補番落去度度食完都係敢樣做到第三度起隻燒鵝照依前個兩度敢做做完之後就擰的菜遞過每人拂的佢哋食緊個時有人想飲茶

你就俾杯過佢第四度食餅及麵食共糖菓至收尾個度係食生果幾多點鐘起餐呢六點擺檯七點起就啱咯我所講嘅你要依住嚟做播係咯

第三十六課

倘若　向　由　或　指　寒　暑　筒　低　東　南　北　雨　駛　世

倘若　倘或　若係　一向　向來　向住　方向　心向　由邊處去　由得　自由　或係　或人　手指　腳指　指住　指出　大寒　心寒　寒熱　寒暑　暑大　暑熱　大暑　寒暑針　枝筒　燈筒　一筒　玻璃筒

高低　太低　好低　低的　低頭　東低　東方　東風　東門　東家

向東　南方　向南　南便　南門　南風　指南針　南風　囘南　北門

北便　北方　北風　向北　北話　落雨　大雨　雨本　雨水天　風雨

風雨針　駛船　駛馬　世上　世間　出世　一世　世人　世俗　世好

但凡有人想分開東西南北就要睇指南針因爲個枝指南針時時都係向住南嘅咁知到南便係邊處就好易分得開東西北三便咯倘若駛船就一定要用指南針因佢在大海之中冇指南針就唔知由邊處嚟向邊處去至合嘅重有一樣針都係行船嘅人至緊要用嘅即係風雨針睇風雨針就知到幾時打風幾時落

雨幾時好天嘅咯重有一樣針叫做寒暑針有一枝玻璃筒中間載住條水銀好似口針咁大噲上噲落嘅倘若起高就熱跌低係冷在省城平時至熱高到九十幾度咁上下至冷低到三十五度左右嘅三樣針都係丗上有用嘅物件嚟有人話個枝指南針唐人整先嘅但唔知得實在我都估眞係唐人做出嘅因爲睇唐人書講出佢哋己經用指南針有幾千就咁耐咯

第三十七課

季 春 夏 秋 冬 暖 凉 雲 遮 忽 然 閃 電 雷 吹 雪

一季 四季 換季 每季 春季 春風 夏季 夏布 夏天 夏至
秋天 秋季 春秋 秋風 冬天 冬季 過冬 冬至 好暖 暖的
暖水 暖暖地 好凉 凉的 凉風 朶雲 黑雲 雲行 把遮 遮住
雨遮 開遮 遮埋 揸遮 忽然 忽然間 然後 閃過 閃出 電線
電燈 電鐘 電車 電火 行雷 雷公 雷打 風吹 吹去 舊雪
落雪 打雪 雪水 賣雪 雪咁凍

一年分開四季即係春夏秋冬每季嘅天時唔同春天係冷嘅多有好多雨落添

但春天時時都好黑暗有好多黑雲遮住春天將近完之時就漸漸暖的一到夏天就好熱咯呢夏季都有雨落但唔似春天咁多只係忽然間行雷閃電落一陣大雨冇幾耐就好天出番熱頭嘅嘅的風時時都由南便吹嚟嘅多一年之中至多坐蓆係呢季咯到秋天個時就凉的因爲的風由北便吹嚟多漸漸有乜雨落一轉冬天就好冷有時會落雪添北便地方一到冬天落好大雪令人唔行得咁緊要我話一年四季至好係秋天咯因爲個陣唔冷唔熱冇乜雨落而且好風色添架

第三十八課

首　借　洋　貨　機　辦　目　夥　賒　還　聽　雜　單　散　舌　欠

起首　首名　首先　首尾　開首　借銀　借過　借住　生借　洋人

洋海　大西洋　出洋　洋貨　洋船　上貨　落貨　起貨　出貨　買貨

買貨手　日本貨　抵制貨　本地貨　心機　辦貨　買辦　布辦　出辦

眼目　數目　夥計　賒數　賒野　還番　還銀　還囘　聽銀　聽錢

有得聽　雜貨　雜港　雜人　雜色　雜用　張單　開單　找單　欠單

貨單　出口單　借單　銀單　單眼　散開　分散　散館　發[illegible]　花散

舌本　聽舌　舌晒　欠銀　欠數

我有兩個朋友候做生意嘅佢兩個起首做生意做時都係有本錢嘅佢所有嘅本錢都係同人哋借嘅只有一個係開洋貨舖呢個人好本事做生意好會辦貨而且好好心機打理舖中數目及夥計各樣事倘若有人賒佢嘅貨佢有幾耐就開單親自去收敢幾年間就聽得好多銀佢所借嚟做本錢嘅一的都還番晒過人呢個係開雜貨舖嘅但呢個有先時講個個咁本事佢唔噲買賣舖中嘅事唔肯落力打理所有數目通係交托夥計而且時時將的本錢嚟花散有幾耐就舌晒的本錢連間舖都鬥埋不但借嚟做本錢嘅銀冇得還而且到處都欠落人銀添佢昨日嚟探我佢話呢陣好閉翳有好多人問佢攞銀呢囘眞係要走路至得咯

第三十九課

商　則　管　合　立　材　料　限　塡　椿　杉　坑　屎　撈　叉　閒

商量　商人　商家　客商　屋則　畫則　然則　一則　枝管　管理

筆管　管數　管家　管事　合同　一張合同　合唔合　合心　合晒

合心水　合共　合埋　合意　合立　立合同　立心敢做　立意　立壽

起立　材料　料理　照料　料得係敢　唔料得到　限住　有限　限歴

過限　塡地　塡高　塡滿　塡海　條樁　杉樁　沙樁　打樁　條杉

石屎　條坑　山坑　坑水　水坑　撈埋　撈家　好撈　撈唔住　又係

又有　又去　又要　得閒　閒心　閒事　閒人　閒話

我想起間屋但唔在行唔知點起法好所以嚟共你商量吓我知你好熟行起屋嘅係呀我巴經起過幾間屋都幾熟行咯我歡喜帮助你敢眞係好咯請你詳細敎我點樣埋手點樣打理呀你先要去則師處請佢畫一張屋則你想點樣起就一一講晒過佢知佢就噲畫出照依你所講嘅咯畫倒之後你睇過係啱就交俾個則師同你打埋至到起好佢要佢論個管工在處打理的工人而且要同佢立合同至得播敢個張合同點寫法呢要寫明用乜野嘅材料及點做法又限定佢幾耐要起好共幾多價錢的價錢分幾囘交你話用乜野材料好呢唔知你個笪地係實地或新塡嘅呢倘若係新塡嘅就要打沙樁或杉樁罅的牆脚要掘深的好似條坑敢樣就用石屎撈石灰或英坭塡畨實敢將來間屋好穩陣嘅咯而家咁夜怕則師唔係處咯等我聽日得閒至去搵佢喇眞係唔該你指點我咯請請好行喇

第四十課

層　窩　雙　皮　拍　頁　架　廳　梯　介　騎　瓦　蓋　盪　舂
砌

一層　層樓　五層樓　一層層　千層紙　雄窩墻　一雙　雙單　塊皮
牛皮　撻皮　人嘅皮　頑皮　拍手　拍門　拍下　一頁　一頁書　拍
頁窗　個架　書架　木架　樓上　樓下　上樓　落樓　樓板　書樓
餐樓　大廳　橫廳　正廳　樓梯　把梯　度梯　梯級　竹梯　木梯
介木　介開　介紙　騎樓　騎馬　騎住　騎起　塊瓦　瓦面　蓋瓦　遮
蓋　蓋住　蓋埋　盪灰　盪平　舂米　舂灰　舂野　舂實　舂爛　砌
磚　砌墻　砌街磚　砌起　砌瓦

你呢處係畫則嘅嗎係呀你想我同你畫則係唔係呢係我想起一間住家屋所以嚟同你商量下請你畫個屋則而且交托過你同我起埋好喇你想起幾多層呢我想起三層咁的墻脚好濶大至得呀第一層至少要三愈磚第二三個兩層就雙愈都得咯每層你想間幾多間房呢我想左便間兩間房一個廳右便間三間房度大門係中間入度樓梯由中間條路上個廚房共事仔房係屋後但係要

離開一丈咁遠度你想用乜野材料呢我要用好的嘅的樓陣的窗門架及玻璃窗門拍頁窗有要用雜木樓板及墻脚板就械大條杉介開嚟做騎樓共厨房要鋪寸半厚至好嘅街磚的墻用紅磚嚟砌一起好墻就要蓋瓦墻嘅內外要盪兩層灰第一層用黃坭撈灰上面個層就盪根灰所用嘅灰都要中到熟各樣木料要晒到乾至好做所有窗及門較要用銅嘅但凡眼所見的木料都用油三層致做法幾多銀度呢我而家唔知自呀等我畫起個則然後計過至再通知你喇敢係好咯你請坐喇

第四十一課

傳 修 小 蟻 周 圍 桁 角 漏 關 牽 主 固 門 拆 煙

師傅 打鐵師傅 坭水師傅 打石師傅 修整 修埋 修心 小心
大小 細小 小人 小家 小事 小子 白蟻 黃絲蟻 隻蟻 蟻咬
周身 周年 周日 周時 周圍 圍住 圍墻 圍實 圍埋 桁角
關係 關門 關心 唔關事 海關 關書 門牽 牽住 牽埋 鐵牽
牽實 主人 屋主 做主 主固 窗門 門門 一門 門住 拆開

拆爛　拆屋　拆去　烟通　食烟　口烟　的烟

師傅我想修整呢間屋好呀你想小修被大修呢要大修至得呀因爲呢間屋好多白蟻個的樓陣同埋桁角都蛀通晒周圍要換過個瓦面漏得好關係我叫人執過幾囘都係漏嘅我出法子整好佢喇的門閂窗門閂要換過佢的鐵牽銅較就可以用得番嘅個烟通及度樓梯要拆開嚟起過整到主固之處所有木料都換過實不等的白蟻唔咬得入周圍掃過灰水你想掃乜野色水呢你話點色水好呢我話掃灰色起白線或黃色起黑線呢兩樣都係好睇聽先生揀選樣喇咁多工夫幾耐至整得好呢要三個月度我想快的至緊要係執漏先因爲冇耐春天就有好多落雨嘅咯你要幾多銀呢二百銀喇咁貴嘅咩唔係要得你多駕呢陣各樣材料都咁貴而且年尾又要雙工添敢就俾够二百銀你喇你聽日好開工做囉噃好喇

第四十二課

醫病　企紀　痛　瘖　總　包　症　辛　苦　院　割　藥　伯抵

醫生　西醫　醫人　醫生館　唔醫得　醫得好　學醫　醫書　有病

起病　病人　問病　大病　年紀　好痛　見痛　頭痛　心痛　個瘡

生瘡　暗瘡　總共　總理　總管　總辦　總數　總有　總係　一包野

包住　包埋　包好　包醫　病症　睇症　醫症　雜症　割症　辛苦

苦心　好苦　間院　醫院　學院　書院　割開　割野　割親　執藥

食藥　藥水　藥散　藥丸　藥材舖　藥房　苦藥　伯父　老伯　大伯

細伯　亞伯　抵住　抵手　抵打　抵肚餓　好抵　唔抵

醫生我父親有病請你去睇下佢做得唔呢請去睇佢做得你屋企隔呢處有幾遠呢好近只敢我而家同你去喇打邊便去呢打呢便去就係咯你個父親有幾大年紀呢今晚七十幾歲咯啊咁老個咩病曉有幾耐呢佢病曉有十日咯呢間就係我個屋舍咯請入去喇呢個就係我家父咯啊老伯唔使起身咯嘲低重好你見邊處痛點樣唔自然呢得呢個病有幾久呢我先十日隻石脚生一個瘡總唔醫得好見辛苦痛到唔抵得住唔得你而家用乜野嚟包住呀解開俾我睇下喇呢個症好關係嘅了醫得好嗎醫得但係要割只我好怕割嘅倘若係屋舍用藥打理得唔呀唔得嘅你想好一定要割至得嘅而且要係醫院住添要住幾耐呀你若而家同我去我就即時同你割十日度就可以出醫院咯

第四十三課

軟弱 咳 傷肺 壞 吐血 危險 贈 期 伸 利 汗 抖

軟熱 好軟 軟弱 心軟 寒咳 熱咳 內傷咳 症咳 打傷 傷風

內傷 傷心 傷身 個肺 肺家 肺眼 肺爛 冷親個肺 肺壞 壞

嘵 整壞 學壞 壞野 吐出 吐口水 吐血 血管 危險 好危

好險 贈醫 贈藥 贈俾佢 日期 到期 上期 下期 一期 醫期

合期 過期 伸開 伸手 條開 出汗 冷汗 汗衣 抹汗 抖下

抖身 抖病

你咁軟弱我估你一定有的病嘅冇呀我不過有時咳只重話冇病咳係至緊要嘅呀倘若唔打理將來就怕嚕內傷駕你快的請醫生睇下至好罅乜野叫做內傷呀即係個肺爛嘵有時吐血又有時咳得好關係添敢就係內傷症咯呢樣症好危險駕冇耐就嚕壞人嘅罅咁緊要嘅咩我眞係要打理至得咯你話請邊個醫生睇好呢係呢處行前的有一間贈醫館個位醫生都幾好嘅我識佢嘅今日啱啱係醫期等我同你去睇下喇啊好喇朋友醫生係處嗎係睇症房嚟你入去

就見佢咯醫生我呢個朋友有的咳想請你睇下和好請埋嚟呢處喇伸條利出嚟俾我睇下你有乜野唔自然呢我有的咳夜晚有時出冷汗又有時個身見好熱你見敢樣有幾耐呢有嘵不過一個月只你因點起咳嘅呢我有一日整濕個身冷親敢就起肺咯你睇低等我聽下你個肺呀你呢個症要唔好做咁多工夫至好係去等二處抖下過一個月再番嚟見我體下點樣喇唔該你咯請呀慢行喇

第四十四課

晨　發　止　精　神　胃　嘔　澳　土　謦　噲　暈　浪　餓　消　化

早晨　打發　發生　發出　發開　發起　發熱　止住　止血　止痛
好精　精過頭　精仔　精神　位神　眞神　神樓　胃口　開胃　冇胃口　胃病　想嘔　嘔血　船澳　出澳　入澳　澳門　水土　地土　坭土　黃土　身謦　好謦　發謦　謦熱　好故　見故　脚故　頭暈　好暈　暈浪　浪子　肚餓　好餓　飽餓　消化　心化　化開　化出　開化

早晨呀醫生呵你番嚟囉咩你去邊處轉水土嚟呢我去澳門住嘵一個月你見好好多喇嗎重有咳有發熱冇呢的咳就止嘵咯又唔見身磬總無出冷汗咯但係自從番嚟之後就無乜精神而且見好故唔多想食野嘅有時重想嘔添點解呢你有幾時食得飽過頭無呢有我係澳門番嚟個日唔曾食早飯就落船開身無耐暈浪得好關係總唔食得野至到埋頭番去屋舍見十分肚餓食得飽過頭好耐都唔消化後來總無胃口咯啊敢係無乜緊要嘅你先時嘅病已經好噃晒嘅咯你坐處一陣等我去藥房攞的開胃藥水過你食了拿呢罇藥一日食三囘你食過係嚴就再嚟攞喇

第四十五課

界 亦 皇 帝 官 府 姓 衙 權 柄 緣 故 此 尊 督 密

世界 地界 田界 界限 過界 界住 石界 亦係 亦有 我亦去

皇上 天皇 地皇 人皇 皇帝 上帝 做官 大官 細官 好官

官府 一府 府城 百姓 高姓 貴姓 小姓 姓名 衙門 大權

有權 渣權 俾權 權柄 有緣 冇緣 緣故 身故 故此 尊貴

尊大　尊大人　尊姓　尊名　尊重　至尊　督理　督辦　總督　好密
企密　坐密　擠密　密的　密過頭　住密
呢個世界分開好多國至多百姓嘅就係中國嘅地方亦好濶大個京城係在北便所以叫做北京皇帝就係個處住中國皇帝好少出街或有時出街亦唔被人睇見佢面我估佢意思係怕人打佢都唔定因爲中國皇帝想渣晒權柄想唔被百姓得自由但係照住自己講出個的緣故就話唔係敢樣係因皇帝好尊貴百姓唔應睇佢中國嘅地方係分十八省百姓至住得密係山東省每省都有官府管理的百姓個的官府至高嘅係總督佢嘅權管理或一省或兩省官府所住嘅地方叫做衙門有的好大間住得千幾人咁多嘅個的百姓都好怕官府因爲有有好大權倘或有人做唔好嘅呢佢就怕官府會拉佢有的好人都好怕因爲有的唔好嘅官因想錢就連埋個的好百姓都會拉去難爲吓但凡被官府拉住嘅倘若無錢將好難得放番出嚟而且要有面子嘅人去講好說話至得敢就唔話得百姓怕佢咯

第四十六課

章、審　判　差　役・勇　票　賊　兇　軍　認　惡　罪　保　監

殺
一章書　文章　第幾章　第一章　講章　審問　被審　審出　審實
審判　判出　出差　差人　差佢去　當差　差役　服役　一個勇　冇
勇　勇敢　勇力　出票　當票　個賊　捉賊　拉賊　賊仔　做賊　大
賊　怕賊　賊頭　多賊　兇手　兇惡　行兇　軍器　行軍　軍法　認
得　認出　認識　唔認　肯認　惡人　講惡　學惡　惡學　起惡意
惡事　惡做　惡講　好惡　行惡　罪惡　可惡　憎惡　認罪　有罪　罪
人　知罪　罪過　大罪　定罪　担保　保住　保你唔怕　地保　保重
中保　坐監　監房　看監　收監　監住做　殺人　殺頭　殺賊　被殺
殺敵

我想在呢章書講下中國官府審判嘅事事但係做賊或係兇手官府一知到就出票使差去拉佢倘若知到個人係兇惡就使的勇帶埋軍器去咯拉嘵沓嘐個官就審問佢倘若佢唔認就打佢令佢認罪倘有的眞係無罪嘅就要有人担保至肯放番佢出來若然審出佢係有罪嘅就判佢坐監或係殺佢咯個監裏便十分汚糟管監嘅人亦時時難爲坐監嘅人令佢好辛苦而且唔被佢食飽個監整

得好主固周圍好密因爲怕個的坐監嘅人會走出來呀個處夏天就好熱冬天就好冷的坐監嘅人所有嘅衣服都被個管監嘅人要曉咁就佢哋時時要抵冷要抵肚餓咯係個處好多人會起病嘅你話坐監難唔難呢倘若有錢嘅人就冇咁難可以買得野但係好貴一定要經過管監人嘅手至買得倒佢就要聽好多嘅的有錢嘅坐監係好辛苦咯

第四十七課

遵　品　諭　和　奉　示　吩　咐　貼　算　犯　律　良　善　刑　罰

遵依　遵從　唔遵　品行　品級　立品　有品　好品　上諭　曉諭

命令　人命　有命　好命　生命　大命　奉事　奉養　告示　示知

吩咐　貼住　貼埋　貼實　貼高　貼告示　貼出　貼心　貼近　貼錢

算數　算命　算你好　唔算　計算　算住　犯人　犯罪　監犯　犯法

犯親　解犯　律法　良人　良心　天良　良友　良善　善人　善惡

行善　善堂　善書　善法　善心　刑法　行刑　重刑　刑房　刑部

刑罰　罰罪　罰錢　罰銀　被罰

皇帝所講出嘅意思嚟彼過官與及百姓知嘅就叫做上諭裏頭上諭所出嘅命令一國嘅人都要遵依呀一有上諭落嚟官府就出告示吩咐百姓照依咁做的官所出嘅告示用好大張紙印個的字亦好大個嘅第一行係寫官嘅品級與及姓凡出告示先貼在城門後來各處街都貼所以一有新告示出的百姓就好快知到因爲有好多人企在街邊嚟望新告示呀的告示係好緊要因爲官府介嚟通知百姓嘅若有邊個唔遵守呢就算係犯國家嘅法律咯官府就會拉佢定佢好重嘅罪個的遵依嘅就算係良善嘅百姓中國嘅刑罰係好關係嘅呀有的打口有的打身或打手或打脚有的至到打得周身都爛曉咁交關駕中國嘅規矩罰個的罪人坐監無話兩個禮拜至少都幾個月有多若係審個的人唔曾定實佢嘅罪就交過差役看守差役困住佢係差館個處重辛苦過坐監呀因爲官唔肴養個的唔曾定罪嘅人就交彼差役嚟養佢個的差役分開幾班嘅每一班差肯養個的人半個月但係每囘差役個時就要個的人彼銀過佢若然無銀彼或彼得少差役就將佢難爲咯

第四十八課

黨　安　樂　維　后　改　艱　設　捐　武　越　試　臣　政　革

作

一黨 黨人 新黨 舊黨 惡黨 幾黨 分黨 平安 安心 安係

呢處 安然 安人 安家 安樂 快樂 樂得做 樂園 樂善 歡樂

維新 皇后 皇太后 天后 母后 改過 改名 改變 痛改 改正

改好 艱難 艱辛 艱險 設立 開設 設館 捐官 捐班 捐銀

武官 文武 越好 越發 試下 一試 試過 試探 試得出 又試

大臣 人臣 國政 改正 革官 革曉 改革 作書 做作 手作

作論 工作 作病 作家 作風雨 作嘔 下作

先七年個陣時中國嘅皇帝立意維新好想令中國變爲一個新國因爲通世界人都話中國係老大嘅國呀皇帝敢就同埋一班維新黨人出法子嚟整好個國改過新政治新法律因爲中國嘅國政係好舊嘅至到而家係十分唔合嘅咯但凡想着出身做官舊時就有兩條路一條係考試考試嘅意思文官就作文章武官就擰大石一條係捐班捐班嘅意思係俾銀過皇帝就買得官嚟做教此中國嘅官有好多唔會打理百姓亦唔會待外國嘅人的百姓艱難辛苦佢總唔知到倘若百姓有大多錢呢佢就知到咯點解呢因爲佢好想出法子嚟扭百姓個錢

呀你話敢嘅人點做得官呢敢個法律點管理得國呢所以皇帝立意改過新國改革嘵個的冇用的官唔要人考試要通國設立學堂學外國個學問想令百姓得好大個安樂想人人得冇新學問但係皇太后唔肯與及好多舊黨個大臣都唔中意皇太后就出命令殺嘵個的維新黨的人又將皇帝押落監處後來個國越發艱難越發軟弱有好多危險的事添所以而家漸漸知到維新黨的法子係好已經設立好多學堂冇嘵舊時敢樣考試咯但係皇帝都唔放番出嚟都重係皇太后揸權柄呀

第四十九課

雀 鳥 飛 禽 暴 當 搭 林 竇 翼 約 嘴 啄 俱 喂 爪

隻雀 雀仔 養雀 打雀 雀唱 雀鳥 飛高 飛起 會飛 飛禽

暴蛋 暴鷄仔 當時 當個陣 唔當 當野 當舖 當衣服 當屋

當咁多 搭低 搭倒處 樹林 山林 個竇 竇口 雀竇 搭竇 雙翼 對翼 雀翼 大約 鄉約 一約 中約 約定 約埋佢 口嘴

多嘴 長嘴 個嘴 啄野 鷄啄 雀啄 啄起 俱係 喂仔 喂佢

雙爪　雀爪　爪住　喂喂聽野

呢處有兩部書係講世間所有個生物我而家睇緊呢部係講雀鳥個佢話的飛禽係無左仔唔同第樣的生物敢佢俱係生蛋個只當作唔會生蛋之先佢噲搵的好密的樹林搭個竇就係個竇處生蛋個隻雀母械對翼暴住的蛋大約十幾日咁久佢就械個嘴啄爛蛋殼隻隻仔就由裏頭出嚟一出嚟個時係冇乜毛嘅又唔噲飛嘅個隻雀𨒬周圍去搵食物番嚟喂佢哋就漸漸長大學飛佢一大就離開個竇自己去搵食晚搭係的樹枝嚟瞓佢有一對爪搭得好穩陣總唔怕跌親佢嘅倘若雀公就噲唱歌唱得好好聽個有的會說話添

第五十課

動　植　獸　牙　署　走　跳　捉　別　狗　貓　虎　鼠　類　爭

彼

郁動　行動　動身　動不動　動心　植物　生植　走獸　野獸　禽獸

惡獸　隻牙　牙痛　上牙　下牙　大牙　爛牙　補牙　擦牙　大署

署咎　署好　行走　走起　走路　跳高　跳起　心跳　捉倒　捉人

捉住　彼此　分別　別位　一類　同類　爭執

通世界上所有生物分開兩樣叫做動物植物噲都動嘅叫做動物種得生但唔噲行個的叫做植物動物之中分開好多樣有飛禽已經在上章講過的咯而家在呢章係講走獸都唔係講晒不過畧畧講幾樣唧凡親有四隻脚噲走會跳與及有牙或會捉別樣野嚟食個就係走獸咯即係貓呀狗呀老鼠呀老虎呀之類有的走獸係養在家中個即係馬牛羊貓狗個幾樣有的暗養得熟嘅俱係叫做野獸即係老虎與及係山林處住嘅呢的野獸其中有的好惡嘅時時大家爭食而且會食人添但係年年都彼人捉好多係想攞佢嘅皮嚟用因爲人歡喜有呢的皮嚟坐與及做衣服或係鋪地以爲佢係好睇亦係好暖添的狗同埋的貓係好有用嘅因狗會看門口唔俾的生面嘅人入嚟貓呢就會捉老鼠倘若冇貓捉佢佢就咬爛好多野呀牛共馬係好合人所用嘅因佢係好大力可以帮人做的粗重嘅工夫的牛乸就有牛奶過人渣嚟食的肉又係好食而且的皮又械嚟做得鞋的羊的肉亦係好好食的毛亦係好有用因爲械嚟織得絨呀的皮都可以整得好多野但係咁多走獸之中我估至合人用嘅就係牛因佢有好多樣用處呀

第五十一課

昆 泗 鱗 畜 牡 蝴 蝶 變 成 益 塘 金 害 毒 蠶

雖

昆蟲 係蟲 菜蟲 狗毛蟲 泗水 會泗 泗過海 魚鱗 六畜 三
牲 蝴蝶 變化 變通 變心 變色 蟲變蝴蝶 成爲 成班 九成
成事 成就 老成 成積衣服 有益 冇益 請益 得益 益人
乾塘 一塘水 生塘水 魚塘 金魚 眞金 金色 舊金山 傷害
遇害 被害 害人 毒藥 毒物 服毒 解毒 毒心 下毒手 蠶蟲
蠶絲 雖然 雖則 雖係

講論勤物嘅名呢除曉人之外就分爲四類即係飛禽走獸昆蟲鱗介就係咯呢四樣就叫做畜生但係飛禽走獸上两章已經畧畧講過咯呢章我就想講吓昆蟲鱗介呢兩樣邊的叫做昆蟲呢即係蟻呀蝴蝶呀之類不論有翼飛既有翼飛既但凡先時係一條虫後來讚成有翼既都係入昆虫個類呀若係鱗介呢就係多生在水中鱗介係分開四樣既有鱗既叫做鱗有壳既叫做介但呢類生物唔會帮人做工夫有的可以做人既食物唧的魚既肉係好食亦係有益所以人就好歡喜食而且魚個樣野係十分多唔使怕會食既有的好大既有人話好似火

船仔咁大亦有的好細嘅不論大海與及河同埋塘都有魚嘅亦有好多塘係人哋買的細條嘅魚放落去嚟養等到佢大個時就捉番佢嚟食又有一樣魚生得實首好睇唔係十分大嘅叫做金魚佢嘅尾好大泅水好定唔怕人睇個身有紅色黑色白色幾樣有好多人中意養係屋裡養佢嘅法子敢就用一個缸裝滿清水嚟放佢落去又要搵的沙虫過佢食後來佢亦會生出好多金魚仔添昆虫個類呢就好少人食佢咯但係昆虫有的會傷害人個因爲有的虫係好毒駕亦有的會益人個即如個的蠶雖然係好細嘅生物只但佢噲吐的絲出來俾過人就嚟做衣服因爲敢就衣服係好好睇而且係好暖好軟熟呀

第五十二課

廣　珠　江　河　原　堤　州　縣　富　往　興　旺　貧　窮　賭
鑛

廣東　廣大　廣濶　量廣　粵東省　粒珠　珠江　夜明珠　江山　外
江佬　各江雜貨　個江總督　河南　河北　一條河　原來　原主　平
原　堤岸　長堤　州官　知州　縣官　知縣　各府州縣　一經地方
富厚　富人　富貴　來往　多人來往　同佢冇乜來往　來往好密　與

旺　興家　時興　旺地　好旺　貧窮　窮人　窮等人家　賭錢　好賭
爛賭　賭館　開鑛　鑛師　金鑛　銀鑛　鐵鑛

我哋住呢處在中國的南便廣東省我想講吓兩廣的地方廣東地方都幾大亦有好多山但唔係十分高大在省城的河名叫做珠江珠江的兩岸一的都是平原十分合做生意嘅周圍重有好多口岸各處生意都幾好因爲水路通行所以商船往來好便廣東地方分開九府十州每一府分開幾縣或十幾縣通省共計有七十二縣省城在廣州府地方兩廣個總督係個處住廣府的地方有好多富厚的人因爲個處生意係至大中國起首同外國通商就在呢處咯省城近呢幾年一自自興旺起黎因爲有好多外國貨物入口又由呢處辦好多本地貨出外埠故此令個的商家賺好多錢近日又在海邊築一條堤岸將來一定興旺的添咁應該廣東的人就好安樂但係都有貧窮的人因爲有一樣十分唔好個風俗個的百姓好歡喜賭錢個的女子賭錢就係自己屋裡倘若有親戚嚟探佢就用賭錢嚟館待人以爲瑞至合賭錢的法子有好多樣呀男人亦有好多賭錢的地方呢的就係貧窮的緣故咯廣東隔籬個省係叫做廣西地方都幾大但係有廣東咁旺的百姓好窮多因爲個處山係多水係淺船隻好難行所以冇乜大生意

個處地方至合係閙鑛同埋種樹木咯但係的百姓唔知到呢的工夫係緊要因爲唔曾有人敎佢倘若佢俾心機嚟學敢個處就可以與旺咯

第五十三課

失　和　仗　兵　前　操　鎗　炮　劍　齊　步　提　進　退　隊　亂

失物　失嘵　失口　失和　和好　和番　議和　打仗　一堂仗　兵馬

大兵　兵法　前後　前時　前便　面前　前日　前年　前個月　操兵

大操　快鎗　木鎗　長鎗　短鎗　手鎗　燒鎗　大炮　炮聲　燒炮

把劍　長劍　鎗頭劍　一齊　齊口合聲　齊步　齊心　腳步　大步

一步步　行起步　提鎗　提起　進步　進益　進退　退步　進兵　退兵　一隊　擺隊　心亂　亂嚟　亂講

呢個世界耐不耐就冇兩個國和至到打仗大約好多都係因爭地個緣故將近打仗個時個兩國是必預備好多兵好多軍器即係鎗刀炮劍敢個野又要的兵操到好熟令佢明白各樣陣法兵頭就敎的兵齊步嚟行佢意思係想使的兵合而爲一咁就唔論兵頭吩咐乜野或行或係止步企定或瞓低或快走或提鎗或

放鎗一進一退所有都要遵依命令嚟做操個陣時就分開一隊隊每隊有旗管住又有兵官係處打理因為打仗嘅事關係好大就要操得十分齊整不能有一的亂駕兵之中分開馬兵步兵炮兵三樣又分開前隊中隊後隊操緊之時要用好多工夫有時上高山有時行平地亦有的跳深坑而且要操行軍隊有時都令佢抵肚餓或無水飲使佢能抵得各樣艱難辛苦個的新兵敢樣操法至少要幾個月然後至可以去打仗操兵之時的兵所有嘅使用都係皇家打理而且要俾人工過佢添淨係學做兵唔曾會幫國家打仗個時就已經使去國家好多銀咯舊時中國操兵冇咁嘅法子唔係學外國咁樣嚟教的兵隨得佢哋亂行總唔合脚步又唔遵依兵頭嘅命令故此的兵係冇用但而家唔同咯漸漸學別國嘅法子嚟操兵咯

第五十四課

儒　孔　急　望　倫　道　吟　詩　射　箭　參　訂　孫　古　聖　全

儒教　儒書　孔夫子　心急　急切　急症　緊急　急事　有望　冇望

失望　望見　我望你　人倫　天倫　五倫　倫理　道理　無道　唔合

道理　吟詩　唱詩　作詩　唐詩　射箭　一枝箭　歸心似箭　參詳
參見　參官　參訂　訂明　子孫　男孫　女孫　兩公孫　古時　古今
自古至今　講古仔　古人　聖人　聖上　齊全　完全　全備　全美
全家

中國人所遵守嘅教化係叫做儒教儒教嘅教主係孔夫子佢出世係在先二千四百幾年佢當少年個時好勤力讀書又歡喜各樣嘅學問就想出身做官嚟打理國家但個陣時有好多大臣唔歡喜佢所以佢難搵得官做咁就周圍各國咁去望將來成就佢嘅思想個陣時中國之中係分開七十二國但佢雖然個心好急切到處咁去都冇人喜歡佢做官自出身以來獨係做嘵官三個月喞後來到年老之時就開設一間大書館教好多學生講論人倫嘅道理又教吟詩射箭騎馬算數各樣嘅學問佢嘅學生之中有七十二個係賢人嚟嘅至到佢死後佢的學生將佢所講嘅說話與及佢嘅行爲記埋成爲一部書亦有一部係孔夫子自己所作嘅叫做春秋而且佢亦參訂過好多書後來有的學生與及佢嘅孫作書嚟發明佢所講嘅道理敢呢的就係儒教嘅書咯當個時都唔係多人喜歡佢嘅道理過幾百年就漸漸多人話佢嘅教化係好因爲佢嘅教化係合理好多古時

聖人嘅道理呀後來皇帝就將佢嘅教化嚟做國教以孔夫子爲聖人所以中國嘅人全係守儒教嘅所有嘅書館一的都係讀儒教嘅書呀但通行讀嘅呢係四書五經咯

第五十五課

君　辭　傳　授　德　無　形　虛　專　隱　功　升　從　必　怪　扼

君臣　入君　君主國　辭別　告辭　辭嘵佢　傳道　傳教　傳開　傳授　父傳子　道德　德行　無用　無意中　無所不至　無一不曉　有形　無形　形色　虛空　虛心　虛字眼　虛弱　心虛　專心　專門　隱埋　隱密　隱山　歸隱　有功　成功　得大功　功過兩半　升高　升天　筆升　竹升　一升斗　信從　依從　從來　從今以後　是必　必定　不必　何必　古怪　唔怪得　我怪佢　阨人　阨倒你

中國陰嘵儒教之外亦有道教但信從道教嘅人唔係幾多只道教嘅教主係老子嘅姓李名叫做耳後來人就叫佢做太上老君佢係同埋孔夫子個時嘅人佢係做官好耐後來見國家嘅政令唔好想變過又無咁大能力因爲皇帝嘅權係

好重呀咁就辭官唔做番去隱埋經過一度關個守關嘅官知到佢必定係有學問嘅人就叫佢傳授的學問敢老子就做一部書個部書叫做道德經所講都係無形嘅道理所以後世嘅人叫佢做虛無之學但後來道教嘅人越變越壞不過有道教嘅虛名只有的專講隱埋係山林佢話至功成道滿個時就噲飛升上天有的專係念經作法嚟阨人嘅銀因爲佢會講好多大話嚟令個的冇知識嘅人信佢話唔論有乜野艱難辛苦病痛都有法子打理所用嘅法子係十分段嘅時時係械紙嚟整的物件或整間屋敢就對住個的紙嘅野嚟講好多說話然後就用火燒曉佢話個紙灰就會變爲眞嘅物件嚟俾過死後嘅人使用咯你話古怪唔古怪呢但亦有好多女人信佢所講而且有的男人都信添本來老子既道理唔係咁不過後來的唔好人變成咁只呢的眞係害中國好大咯而家就漸漸冇咁多人信佢所講因爲知到佢講既係假呀

第五十六課

佛 夢 流 寺 拜 簽 剃 髮 獄 憐 求 輪 廻 卯 滅 亡

佛教　佛手　發夢　在夢中　流水　上流　下流　風流　流出嚟　寺

門　入寺　遊寺　拜佛　拜服　簽銀　捐簽　簽字　簽名　剃頭髮　剪髮　塲獄　受敎　唔受用　我唔受得　求你　求人難　火輪船　輪流　輪到你　輪廻　燒一輪槍　卵不能敵石　滅亡　以水滅火　亡國　亡家　亡失　爲國亡身　亡國貨　倭貨

中國有三教係通行嘅邊三敎呢即係儒敎道敎佛敎呀呢課係就獨係講佛敎因上兩課已經講嘵儒敎道敎咯佛敎唔係中國本來有個係由印度國傳入嚟的因爲先好耐個陣時有個皇帝有一晚發一個夢夢見一個金色既人佢就話係佛敢就打發人去外國求佛敎的書番黎又問兩個和尚黎添個皇帝好信佛敎的道理佛敎流行中國係敢起首唧雖然唔係好多人人佛敎但都好多人信佢的道理呀佛敎的人係剃左的頭髮而且着好濶大的衣服但佢名叫做和尚所住嘅地方叫做寺門寺門裏便安好多佛的佛係俾坭整個外便就鋪滿晒金的和尚時時對住佢嚟拜又對住佢嚟念經個的寺門有的係好大間嘅因爲有人簽銀嚟俾佢起呀敢就個的和尚唔使做工夫就有得食有得住點解呢因爲有人簽銀過佢估係俾銀過和尚個佛就會保護咯但係的和尚亦出好多法子嚟呢人佢話但凡一人個死後就要落地獄受好多辛苦後來亦得番生命或係

做人或係做畜牲做人嘅又分開兩度一度富貴一度貧窮做畜牲就分開卵生濕化四度倘若人請佢來念經求佛可憐帮助個死後的人敢就可以令死後的人唔使受地獄的辛苦而且去一處地方十分安樂的地方或係再做一個富貴的人唔使做畜牲亦有燒的紙鏊的野好似道教的人咁呢的都係無益中國就咯但近年好多人知到和尚係冇用個人官府又要佢揼的銀出嚟帮助學堂亦有拆曉的寺門嚟做學堂呢的眞係化無用爲有用咯我估佛教將來會滅亡添嚅

第五十七課

藝　廠　聰　浮　舉　性　情　留　盡　勤　忍　格　錯　恭　敬
職　任

工藝　手工　工藝廠　棚廠　機器廠　聰明　天聰　輕浮　虛浮　浮
水　舉動　舉止　抬舉　舉起　舉人　公舉　品性　變性　轉性　性
情　人情　有情　冇情　薄情　講情　留情　留心　留手　留番　留
佢在處　盡心　盡力　盡咃　勤力　勤工　忍耐　忍住　格外　字格
人格　相格　冇錯　做錯　錯手　寫錯字　恭敬　恭維　敬重　職役

受職　盡職　職任　任從　任由　留任　做一任官

我有一個朋友係在工藝廠做總辦嘅佢係好聰明嘅人而且而且好老實冇乜輕浮嘅舉動我覺得佢嘅性情咁好所以好樂得同佢做朋友有一日我去到工藝廠處探佢佢就好歡喜留我係處住十分好管待我亦中意睇個處的工人做工夫與及名樣機器所以住曉好耐但睇見我朋友所辦嘅事眞係令人拜服佢呢個係個處無論大事小事都盡心盡力嚟打理時時都係咁勤力無話一時一樣嘅而且又有忍耐待人十分和平好好相與處置各樣事幹較之別人格外周到所以佢做事好少做錯我見過工廠嘅人都好輸服佢好恭敬佢口口聲聲都講佢好所以無論佢吩咐乜野各人都樂得遵守依住嚟做佢做呢個職任眞係有益個間工藝廠咯所以人嘅性情係好緊要呀

第五十八課

閉翳　笑　惱　鬧　喊　嘈　排　催　懶　助　惜　壯　絓　婁

薦　謝

閉門　閉翳　講笑　好笑　恥笑　發惱　我惱佢　鬧熱　鬧人　鬧包

大聲喊　叫喊　好嘈　一排　排開　排除　呢幾排　催佢　催緊佢

催到緊　懶做　伸懶　大食懶　懶老工夫　幫助　助錢　簽助　可惜
壯健　壯旺　夫妻　舉薦　書薦　薦紙　多謝　柯花謝咯
我又謝一個朋友係我隔籬住佢係做小生意嘅我覺得佢有好多閉翳有時有的笑容而且時時都好惱嚟鬧佢嘅細蚊仔或係打佢哋所以佢間屋常時的細蚊仔都喊得好嘈眞係令人聽見都好唔安樂我一目過去探佢想佢勸下就同佢議論下的世事又問下佢的細蚊仔咪喊咁多嘅緣故佢話呢排嘅生意好靜家裏頭又唔過得去時時都好緊短而且又欠落人哋有的銀不歇咁嚟催我還畨所以我常時覺得好閉翳至到我鬧的細蚊仔嘅緣故係因爲佢哋唔聽話好懶做工夫不獨唔帮助得我的咁多而且時時都要攞錢買野食我鬧佢哋嘅緣故大約係爲咁嘅我聽見佢咁嘅心裏頭覺得好可惜因爲佢嘅惟行爲都幾好而且身體人好壯健佢嘅妻亦幾好添逕到的細蚊仔都生得唔錯我佢對佢話你唔使咁閉翳倘若我知到有工夫係合你做嘅就是必舉薦你去做又搵的機會嚟帮助你嘅細蚊仔你而家照舊做生意若係十分唔够銀我可以俾住的過你做使用佢聽見敢講就話十分多謝咯咁好嘅朋友眞係難得咯講完我就番去歸

第五十九課

跟 趁 墟 市 語 影 鬧 橋 涌 濁 棚 織 局 查 察
襪 帽 綉

跟從 跟住佢 跟斑 跟尾 趁墟 趁早 趁時候 趁機會 墟塲
墟咁嘈 市頭 開市 好市 發市 言語 古語 俗語 影相 人影
鬧門 門鬧 鬧門樓 石橋 木橋 過橋 一度橋 條涌 涌水 的
水好濁 搭棚 拆棚 織布 織絨 公局 醫局 格局 查察 查問
着襪 線襪 布襪 草帽 俾高帽笠佢 繡花 顧繡

有一日我同埋的人去墟先經過一個市頭因我去得早過頭個處都未曾開市但個處的舖頭所賣嘅野都係猪肉牛肉魚菜與及柴米雜貨藥材紙料之類亦都有別樣舖頭不過所以做呢幾樣生意嘅爲多只後來我去到個墟睇見好多人係處買賣十分嘈唔怪得俗語話墟咁嘈咯但係一個墟唔係日日都咁旺嘅係有墟期嘅或係五日一期或係三日一期至到墟期個日就近住個左右嘅鄉村嘅人或係想買野或係想賣野都嚟到個處咯我就開個影相鏡嚟影嘵幾幅咁就番轉頭出嘵鬧經過一度石橋底下有條涌的水好濁遠遠見一間大屋門

口搭一個棚埋到去睇下原來係織造局我記起有一個朋友係處做監工就揾着佢嚟探下一齊查察下裏頭嘅人所做嘅工夫我朋友就帶我入去工場裏便行下睇見有好多機器的人不歇手咁做工夫有好多人織布又有人織笠衫線襪毛巾各樣野至埋便就有的人整帽與及顧繡周圍睇過之後就問及下個處生意嘅情形再坐一排至去

第六十課

招　接　稱　呼　欵　替　疑　慣　送　極　鞋　硬　鹹　橙　柑　蕉　桃　滑　淡

招待　招認　招考　街招　招接　接待　接口　接一封信　時欵　欵頭　好欵　招呼　稱呼　稱身　稱意　稱職　相稱　思疑　思心　做慣　慣熟　慣倒　慣一交　買送　送菜　送禮　送野　送佢扯　極好　極哋　好鞋　口鞋　粗鞋　鐵咁硬　硬要　硬係　好鹹　鹹魚　鹹水　甜橙　個柑　隻蕉　香蕉　個桃　路滑　光滑　磨滑　口滑　淡水　好淡　淡薄

昨日有一班人客嚟探我我就即時出去接佢招呼佢哋入去客廳坐有兩個人

係初會面嘅佢着的衫係好時款我就稱呼過佢嘅姓名原來呢兩個人係我好想搵着佢嚟見下嘅誰不知佢先嚟探我眞係啱咯從來我就留佢地係處食飯但係個日啱啱個火頭唔係處佢雖然係搵倒一個人嚟替工但我個心就思疑呢個人唔倚賴得嘅因爲我知佢唔做慣呢的工夫嘅後來佢整出個的送有幾味都可以將就獨係的牛肉就整得極唔好咯因爲煑得熟過頭所以又鞋又硬而且又鹹添但個餐所食嘅生果有橙有柑有蕉有桃呢幾樣菓都好鮮明好好食食完飯之後再坐下講下的人客至扯我就一路送到佢哋出去步頭至番嚟一入屋就啱啱見着個火頭我就對佢話今日個味牛肉整得唔係好若係第時整呢就唔好煑咁耐要整軟滑的而且整淡的添

第六十一課

耕　犁　耙　鬆　旱　撒　穀　角　磨　碓　造　麥　鋤　覺　容

次　背　脊

耕田　耕種　耕園　開耕　犁耙　犁田　耙田　解鬆　心鬆　身鬆

放鬆　手鬆　手頭鬆　天旱　旱路　撒穀種　撒手　晒穀　五穀　解

角　角手　角身　走角　磨穀　石穀　磨刀　打磨　噤得磨　一架碓

落碓春　禾造　早造　晚造　起造　麥粉　鋤田　鋤頭　覺得　唔覺
知覺　容易　形容　唔容得　一次　多次　次第　欠貨　其次　寒背
背心　背脊　背骨　有脊骨

係鄉下地方有好多耕田嘅人因爲各處鄉下都有田呀耕田嘅法子係點樣嘅呢一到春天個時先俾犁耙整鬆個笪田的坭犁耙係使牛嚟拉嘅若然係天時早就要車的水上田至到够爲止後來就時秧落去的秧係點得嚟嘅呢先係撒的谷種落田處等佢發生大約將近有一尺高度呢的就叫做秧嘅就將的秧搖起齊上嚟分開一執一執再種過落田處大約離開一尺咁遠就種一執敢就叫做蒔秧咯蒔落之後的秧就叫做禾等到夏天的禾成熟個時就生出好多谷個的耕田嘅人就去割齊的禾番嚟打角齊的谷將嚟晒乾敢呢就係收割時候咯若係想有米呢就將的谷嚟磨角殼落對春過就得咯廣東的地方多係一年種两造禾的夏天收割完之後又種第二次等到年尾至收割的中國南便的地方的耕種家多係種禾冇乜人種麥嘅但的田咯係所有都係種禾亦種各種菜如種菜的田就唔嚟用牛嚟耕獨係用鋤頭鋤鬆的呢就得咯我睇見的耕田的人就覺得佢好辛苦曬到個背脊好似燒豬皮敢色佢嘅工夫眞係難做咯

第六十二課

玩景　避　宜　爽　程　龍　拖　荔　頂　直　陰　頸　渴　瀑

清　特　登

遊玩　山景　水景　會景　擺景　攞景　避暑　避開　避埋　避用

相宜　便宜　凉爽　爽口　爽甜　發程　程度　章程　龍眼　龍船

龍利草　拖住手　拖帶　荔枝　頂好　頂帽　山頂　直路　直去　正直

直白　伸直　直程去　天陰　陰凉　條頸　硬頸　好頸　頸渴　渴茶

瀑布　清水　清凉　清甜　食清　特自　特登　登時

夏天的時候學堂放曉暑假無乜邊處地方好遊玩個呢羅浮山喇個處幾好景噃廣東都以呢個山爲至出名嘅咯好多有錢佬都歡喜個處嘅我覺得去過處避暑係好相宜因個處極之凉爽呀係咩好嘅等我約埋的朋友去遊玩不至得後來講過幾個朋友聽個個都合心宜得即時起程去至啱個陣各人都約實一個時候去至到個日各人都已經執齊便行李預備動身敢就一齊起行去搭石龍渡個隻渡係有火船仔拖帶嘅都行得幾快我哋幾個係艙處講下野又係個窗口處望出去睇下山景又見個處嘅園口好多係種荔枝與及種蔗因爲個處

嘅本土人係好多係整糖嘅我一睇見的荔枝就好精神咯因爲我好歡喜食佢的龍眼呢龍眼就好淡食味大不及荔枝咯講下講下覺得冇幾耐就到步咯但個處去羅浮山重要行好多路添的我地就每人叫一頂轎又叫的人搬行李一路都有遇的遊山嘅人或坐轎或坐兜或騎馬你話倘若有火車可以一直去得到嘅呢就是必係旺好多咯我地係處住曉成個月每日就係山周圍行下或係的樹陰處留下又唔使頸渴一路都有水因爲個處有好多坑各坑都有瀑布的水好凊十分好睇呢的景係天然嘅人想時登整都唔得嘅冇敢嘅地方唔怪得咁多人中意去遊玩咯我哋將近番嚟個日就一班人上去山頂個處叫做飛雲頂唉也個日行得眞係故咯

第六十三課

瘟　疫　染　防　費　氣　更　加　塞　氹　蚊　究　豎　帳　扇

撥　低　罅

瘟疫　發瘟　疫症　傳染　染布　染色　番染　防避　提防　費事

費心　使費　盤費　費用　空氣　抖氣　抖大氣　一肚氣　氣死　小

氣　長氣　好氣　更加　加添　加減　交加　塞住　鼻塞　水氹　毒

蚊　蚊咬　草蚊　考究　深究　豎起　豎高　蚊帳　布帳　把扇　白紙扇　撥扇　撥開　高低　下低　低心下氣　條鏬

瘟疫個樣症候眞係得人怕咯因爲佢好容易傳染過別人而且又好難醫嘅所以一有瘟疫起就要即時設法嚟防避若然俾佢傳開就好費事咯我聽見的醫生講防避瘟疫嘅法子至緊要係乾淨所住嘅屋舍要光明通氣打理到潔淨又要勤的掃灰水街道要廣濶食物就要更加小心唔好有的咁汚糟野係處我見有的地方的坑渠係唔通嘅時時養住的汚糟水係處呢的係至幣嘅又要唔同個的有瘟疫地方嘅人相來往或固此唔去佢嘅地方亦唔俾佢嚟我嘅地方使的瘟疫不能傳染得到呢件亦係好法子我再講下的坑渠若係塞與及的水湖養埋汚糟水就是必生出好多虫的醫生考究出的虫咬人好易噲令人生病有好多病係由的蚊染嚟嘅又有一種蚊咬人個陣時就豎起個身呢的蚊係令人發熱嘅好多熱症都係由敢得嚟不獨軟弱嘅人要怕壯健人有時重更加關係若係住着多蚊的地方夜晚瞓個時至緊要係整好個堂蚊帳有好多人嘅蚊帳係整成一度門敢用蚊帳鈎嚟掛起到瞓個時就俾扇撥過落番低佢我見敢都唔得周到因爲的蚊噲由個條鏬處飛入嚟究不如整密佢唔用蚊帳門重的好

第六十四課

毡 枕 匙 扭 圓 罩 崩 斷 裂 奇 籐 窄 撞 賠 願
捨 阻

張毡 地毡 金山毡 枕頭 皮枕頭 扭燈 扭乾 扭計 扭埋門
扭手巾 鎖匙 門匙 圓檯 燈罩 打崩 崩口 崩牙 崩敗 崩爛
整斷 斷開 斷估 判斷 斷斷唔係 打裂 一條裂 出奇 奇怪
籐椅 籐床 籐條 沙籐 濶窄 撞親 撞見 相撞 賠番 賠錢
情願 自願 還心願 唔捨得 阻力 阻止 阻住我 阻碍進行 阻止力甚大

有日我朋友舉薦一個人嚟我處打工因爲佢知到我想請事仔我睇見呢個後生仔都幾好就嘵佢教佢做佢所應做嘅工夫即係朝早就打理地方整床呀鋪氈呀枕頭呀一的都執到齊整與及起餐嘅規矩敢各樣嘅事過幾日佢就樣樣都曉得而且佢好沉實好小心做野整整有條我就好歡喜佢一日我去街就交落條鎖匙過佢吩咐佢通打理完我個房就扭埋門及至我番嚟佢就對我話我打爛嘵你房圓檯對上去個枝燈我入房睇下見個燈罩崩嘵好大笪燈筒又斷

阻燈壺又裂我覺得好出奇因爲枝燈掛起咁高點解噲打爛得咁關係呢即時叫個事仔嚟問明白佢打爛嘅緣故佢話因爲我搬開的籐椅嚟掃個幅地係見個處咁窄就舉張椅行過一下唔記得有枝燈係個處而且我又行得快一撞撞埋去就打爛嘵咯我話你下次要小心喇倘若你爛着第個嘅就要你賠番喇過冇幾耐佢唔願做呢的工夫想番去鄉下我都唔捨得佢去但無法子阻止佢

第六十五課

賬　倍　扁　堅　衾　咪　離　破　批　暫　掘　鈍　銹　尖　利

踢　淚　壟

一賬　幾賬　雙倍　幾倍　加倍　圓扁　渣扁　扁魚　堅固　堅心

衾埋　衾被　衾毡　好收衾　咪自　咪敢　咪去自　離開　分離　離

別　破壞　破柴　打破頭　識破佢　驚破胆　批野　批筆　批文章

批中佢　斬開一刀　斬過去　掘頭　掘頭巷　愚鈍　把刀鈍　尖頭

尖掘　利刀　利口　利市　本利　踢親　踢一脚　眼淚　淚如雨下

遡壟　內壟　裏壟

師傅得閒唔得閒呢我想你同我整一個箱唧好喇得閒要乜野尺寸至合呢要

先賬個個兩倍咁大要畧畧扁的用的好木整到堅固至緊要個蓋夾得嚼咪俾佢離開一條罅好喇做得咯過兩日我就去睇下佢做成點樣去到佢間舖頭睇見一個細蚊仔將的木破爛晒又揸住嚟亂咁擘亂咁斬我話個做木師傅係處唔係呢唔係佢前日去嘵香港話定今朝就番嚟嘅咯請你坐下等一陣喇冇幾耐個師傅就番嚟睇見佢械的木嚟破柴咁破又睇下的傢火整到掘晒鈍晒生晒銹就好惱閙嘵佢幾句你整成的野咁樣幾時至磨得番尖磨得番利呢又踢嘵佢一脚咁個細蚊仔好走阻開去係處流眼淚唔敢出聲個師傅對我話你個箱我未曾開工嚟做因呢兩日有的事又要去買貨我打算今日赶緊郁手嚟同你做咯你唔使嚟催嘅我一做起就送去你處係罅啊做得咯但個日我哋係計個外嚨嘅尺寸而家想个大個的你同我將呢个尺寸嚟度个內嚨就啱啱啊咁係利

第六十六課

偶 現 仍 式 兄 弟 賃 甚 租 疎 姊 妹 叔 乞 兒

梗 竟 例 坊

偶然 偶遇 現時 現在 現今 現下 仍然 合式 格式 欵式

兄弟　親兄弟　堂兄弟　賃屋　租賃　甚好　甚是　租屋　屋租　疎密
親疎　姊妹　大姊　亞妹　亞叔　叔伯　乞米　乞食　乞錢　乞兒
梗係　梗要　頑梗　竟然　究竟　有例　定例　街坊

一日偶然遇着一个舊朋友佢問我話你現時係邊處住呢我話仍然都係个處只冇搬到屋呀你間屋咁舊我估住入唔係幾合宜做乜唔搬過第間呢我都想搬好耐嘅咯但唔搵到合式嘅地方只呀等我舉薦一間過你呀我兄弟處有一間屋出賃甚好地方租錢亦相宜不妨去睇吓呀我一見就好中意而且又疎通凉爽就同个屋主講准落的定過佢立定主意搬去處住重冇一件好合嘅因爲个處又近住我嘅姊妹同我亞叔處添但一入火個日有幾個乞兒係門口處攞錢大約要俾幾毫子過佢地倘若唔俾呢就係處爐咁嘈梗要俾過佢地至做得竟然好似有例嘅敢因個處地方係有呢樣風俗嘅住落之後覺得左右隔籬嘅人都好人事的街坊亦冇乜點常時都背帮助人若係爲公益嘅事呢各家都背出力嚟辦理而且又好更夜個朋友舉薦我搬嚟呢間屋眞係唔話得咯

第六十七課

殮　腫　賬　靈　魂　護　賞　賜　永　棺　繩　綁　副　墳　墓

屍塔

入欽　大殮　小殮　收殮　水腫　浮臚　腫起　臚脹　肚脹　脹起
靈神　靈應　精靈　靈機　陰靈　靈魂　失魂　保護　護朋　護送
護身　賞罰　有賞　賜賞　恩賜　永遠　永生　棺材　棺木　條繩
綁住　綁穩　綁實　正副　全副　一副　墳墓　山墳　省墓　埋葬
落葬　死屍　驗屍　瓦塔　金塔　番塔

聞得有個教會嘅人病得好重就去睇下佢誰不知一去到見好多人係處個時佢已經死嘵將近入殮咯問下佢家人佢先時乜野病呢先幾個月佢就見唔自然週身好故冇乜胃口見佢嘅精神一日日減少醫極都唔好至到呢幾日就腳又腫肚又脹就知道佢唔得咯入殮个時有个牧師係處祈禱念經話呢位元弟唔係死係佢嘅靈魂離開佢嘅身體唧我哋唔使爲佢閉翳救主是必保護佢佢而家就得倒神所賞賜過我地永生樂國咯殮埋之後个的嘅抬棺材嘅人就俾繩綁好副棺材一直抬上山的人就一路送到墳墓睇佢落葬又睇見對面山个便有人執骨个屍已經消化曬獨係得番的骨嘅唧執起晒的骨上嚟入過落一个个金塔處然後再葬過別處个時將近黑咯的人就快的行起番嚟

第十六八課

撞 鬚 縐 紋 縮 攣 戴 棍 凹 凸 財 慳 寶 貝 劏

底 刧搶

撞見 撞着 相撞 撞板 長鬚 留鬚 剃鬚 八字鬚 縐埋 縐紋

橫紋 縮埋 縮手 局縮 縮短 攣埋 攣捐 戴帽 戴花 枝棍

條棍 光棍 凹落去 凸起 凸起嚟 眼凸凸 發財 財主佬 橫財

寶物 寶號 寶貝 劏親 底下 下底 到底

個日我地幾個人行街撞見一個老太公好長鬚嘅滿面縐紋縮埋個頭攣埋個背脊着住的爛衫戴件爛帽慢慢行渣住枝棍行得好辛苦因爲個處係出邊條路好穿而且又凹又凸總唔平直添我個心就覺得可憐佢但係忽然有一個朋友對我話你估佢係貧窮嘅咩唔係呀佢係財主佬嚟呀呢左右村都算佢至有錢嘅咯但佢十分慳又唔捨得食又唔捨得着當的銀係至寶貝嘅野一樣倘若佢渣住的銀雖係俾刀割嚟割佢個肚我估佢都是必唔肯放手若想佢掠的錢出黎做吓公益你都唔使望聽開錯口啣啊有咁出奇嘅到底佢要的錢黎做間野呢敢就够蠢囉嗜誰知過幾晚有賊黎明火打刧佢條村呢首先就搵着佢乜

屋打爛門入去搶哂佢的野而且重打傷佢添睇見佢敢樣財主法有乜益呢

第六十九課

衆 讚 篇 墨 拐 詐 華 榮 耀 引 側 適 値 巡 警

配 串

衆人 大衆 讚美 稱讚 讚賣 一篇書 長篇大論 墨水 磨墨

一條墨 拐帶 詐唔知 詐假意 華美 榮華 榮光 歸榮 榮耀

引帶 引動 招引 引見 煙引 炮仗引 側邊 打側 適値 價値

値錢 巡查 巡警 警察 相配 配合 配啱

省城新開一間小學堂地方甚廣濶教科極完備大衆學堂嘅人都讚佢好所以個日招考就有好多人去考試有一個細蚊仔渣住幾篇紙幾枝筆一樽墨水一盒天然墨佢亦係去考試嘅但唔多知定就两頭咁行左望右望一撞撞見個拐子佬就對佢話你想去個間學堂考試咩係呀啊等我帶你去喇又詐認係佢嘅親戚講講下又忽然話重有一間學堂好過呢間好多嘅地方固然之係華美教法又好而且又好名聲一考入去就好榮華嘅咯點解你唔去考吓呢我唔知呀等我帶你去着吓先若係招考就等我替你報名喇啊好喇敢就一路帶佢落火

船想拐佢去賣猪仔適値有個人係側邊聽見佢地講就識破個係拐帶佬立刻個時通知嘅巡警即時促住佢解阻佢去巡警局倘若唔得呢個人個個細蚊仔就好弊咯呢個拐帶老係一個拐一個嘅只重有的串埋幾個人嚟拐幾個人嘅添駕

第七十課

撓　櫓　骨　句　滾　籠　星　宿　傄　體　殿　草　嬸　省　店

歷　槳　櫂　蔴　攪

撓船　撓艇　撓櫓　撐艇　撐槳　經歷　歷來　歷久　殿去　打殿

橫殿　殿路　伸店　唔得店　省乃　省先　省乾淨　身體　體面

體貼　體顧　體裁　條骨　骨肉　骨格　骨子　反骨　閙籠　穿

籠　傄野　傄傄做　青草　草字　草包　草蔴　草草了事　籐蔴　竹

蔴　地蔴　花蔴　亞嬸　叔嬸　句說話　分淸句讀　星宿　粒星　星

散　星期　客店　歇店　歇宿　寄宿　滾水　煲滾　滾攪　打攪　攪

勻　攪亂　攪是非

某先生呀我地今日咁得閒過海去省城睇下巡警局審事都好呀我好呀幾時

去呢一食完飯就要去嘅喇倘若過左時候無得體個喇個陣時我哋就叫一隻沙艇個隻艇極好人力兩個人撓櫓兩個人桌槳去得十分快我歷來叫沙艇都未曾試過咁快個上嘵岸都要行幾遠添至到得巡警局但好在一路都係直路冇乜轉灣的路好店線所以唔係難知定去到頭門睇見有幾個巡兵係處又見有的鎗擺開在個處架的鎗省得雪咁白閃閃光形式上都幾好睇入到裏便啱啱審緊一個賊個個賊身體十分軟弱眞係骨瘦如柴敢原來佢係開籠嚟偸本街個間草蓆舖個野個官一審問佢佢就認晒咯後來定佢坐兩個月監後來審嘵幾個賊都係小偸個啲我哋體完之後就再去行下街又去食物館搵的野食下因爲行得好肚餓咯就我就對我朋友話某先生請你在呢處等我一陣因我想去見下我亞嬸同佢講幾句說話佢在好近啲我冇耐就番嚟個咯後來食完野個時已經夜唔番得學堂去咯個晚十分好天時有好多星好好月唔怕有雨落敢就再係海邊行一排然後搵一間客店嚟歇宿一晚因爲我哋唔想夜去搵攪朋友呀

書名：廣州話指南（光緒版）
系列：心一堂　粵語・粵文化經典文庫
原著：禪山 著
主編・責任編輯：陳劍聰

出版：心一堂有限公司
通訊地址：香港九龍旺角彌敦道六一〇號荷李活商業中心十八樓〇五一〇六室
深港讀者服務中心：中國深圳市羅湖區立新路六號羅湖商業大厦負一層〇〇八室
電話號碼：(852) 67150840
網址：publish.sunyata.cc
淘宝店地址：https://shop210782774.taobao.com
微店地址：　https://weidian.com/s/1212826297
臉書：　　　https://www.facebook.com/sunyatabook
讀者論壇：　http://bbs.sunyata.cc

香港發行：香港聯合書刊物流有限公司
地址：香港新界大埔汀麗路36號中華商務印刷大廈3樓
電話號碼：(852) 2150-2100
傳真號碼：(852) 2407-3062
電郵：info@suplogistics.com.hk

台灣發行：秀威資訊科技股份有限公司
地址：台灣台北市內湖區瑞光路七十六巷六十五號一樓
電話號碼：+886-2-2796-3638
傳真號碼：+886-2-2796-1377
網絡書店：www.bodbooks.com.tw
心一堂台灣國家書店讀者服務中心：
地址：台灣台北市中山區松江路二〇九號1樓
電話號碼：+886-2-2518-0207
傳真號碼：+886-2-2518-0778
網址：http://www.govbooks.com.tw

中國大陸發行　零售：深圳心一堂文化傳播有限公司
深圳地址：深圳市羅湖區立新路六號羅湖商業大厦負一層008室
電話號碼：(86)0755-82224934

版次：二零一八年十二月初版，平裝

定價：　港幣　　七十八元正
　　　　新台幣　三百五十元正

國際書號 ISBN 978-988-8582-14-3